日本語文法入門

吉川武時　著

楊　德　輝　譯

日本アルク授權
鴻儒堂出版社發行

前 言

　　本書係專門爲了正在學習 NFAL Institute 日本語教師養成講座『日本語の文法』（1）~（3）的讀者們所提供的一本實用參考書，不但使用了大量的圖表，而且講解淺顯易懂。甚至連沒有機會參加函授課程的一般讀者，也能利用本書，了解日語文法的最基本觀念。

　　本書係採用與函授課程的課本搭配，相輔相成地進行解說。換言之，函授的課本內容過於簡略的，本書就特別加強內容，反之，課本內容已經講的很詳細的部分，本書就略過不提。總之，簡潔是本書最大的特色。

　　本書的另一項特色是，爲了讓讀者能更深入理解日語文法，有些地方特別引用歐美語言的相關文法進行比較。常聽人說，要學好日語的初步常識，必須先和外國文法對照，以建立基本的概念，或許收集的例子還不夠多，但本書是少數敢做這項嘗試的一本先鋒。

　　之所以會在書中添加外國文法的例子，目的是想不讓本書淪落爲老一套的文法書傳統寫法。抱持這種精神，本書所根據的文法理論，雖然仍在日本語教育的範圍內，但不論是詞法或句法，都不著痕跡地配合章節內容的設計，巧妙展開。因此應該算是一種更宏大的語言學思考體系，懇請讀著們能品味出其中的奧妙。

吉川武時

参 考 文 献

NAFL Institute 日本語教師養成通信講座『日本語の文法（1）』　　　[アルク]
NAFL Institute 日本語教師養成通信講座『日本語の文法（2）』　　　[アルク]
NAFL Institute 日本語教師養成通信講座『日本語の文法（3）』　　　[アルク]
寺村秀夫 『日本語の文法』（上）（下）　　　　　[国立国語研究所]
寺村秀夫 『日本語のシンタクスと意味』I II　　　　　[くろしお出版]
三上　章 『現代語法序説』　　　　　　　　　　　[くろしお出版]
三上　章 『現代語法新説』　　　　　　　　　　　[くろしお出版]
三上　章 『象は鼻が長　　　　　　　　　　　　　[くろしお出版]
金田一春彦編 『日本語助詞のアスペクト』　　　　[むぎ書房]
奥田靖雄編 『連語論．資料編』　　　　　　　　　[むぎ書房]
水谷静夫他 『文法と意味I』（「朝倉日本語新講座」3）　[朝倉書房]
国際交流基金『教科書ガイド』　　　　　　　　　[北星堂]
Alfonso, Anthony:"Japanese Language Patterns　　　[上智大学]
豊田豊子　「接続助詞『と』の用法と機能（1）」（『日本語学校論集』5）
　　　　　　　　　　　　[東京外国語大学附属日本語学校]
姫野昌子　「複合動詞『〜でる』と『〜だす』」（『日本語学校論集』4）
　　　　　　　　　　　　[東京外国語大学附属日本語学校]
吉川武時　「現代日本語動詞のアスペクトの研究」（ 金田一春彦編『日本語
　　　　　動詞のアスペクト』所収 ）　　　　　　[むぎ書房]
吉川武時　「教科書から見た助詞指導の問題点」（『日本語教育』62 ）
　　　　　　　　　　　　[日本語教育学会]
吉川武時　「『〜てみる』の意味とそれの実現の条件」（『日本語学校論集』
　　　　　2 ）　　　　[東京外国語大学附属日本語学校]
吉川武時　「マイコンによる言語研究——日本語・フィンランド語の例——」
　　　　　（『日本語学校論集』9 ）　　　[東京外国語大学附属日本語学校]
吉川武時　「マイコンによる言語研究（2）——文脈付き語彙索引の作成およ
　　　　　びフィンランド語動詞の変化——」（『日本語学校論集』10 ）
　　　　　　　　　　　　[東京外国語大学附属日本語学校]
Comrie, Bernard:"Aspect"　　　　　　[Cambridge Univ. Press.]
Comrie, Bernard:"Tense"　　　　　　　[Cambridge Univ. Press.]
Lyons, John:"Introduction to Theoretical Linguistics"
　　　　　　　　　　　　[Cambridge Univ. Press.]
Ozaki, Yoshi:"Suomenkieli Neljässä Viikossa"　　　[大学書林]
Speight, Kathleen:"Teach Yourself Books: Italian" [English Univ. Press LTD.]

目　次

4

符 號 説 明

本書內文中，凡是在例句的前面有符號者，意思代表如下。

「×」或「＊」：非句子
　　　　　　　　日本人不會這樣講的句子
　　　　　　　　奇怪的句子
　　　　　　　　錯誤的句子
　　　　　　　　不符合文法的句子
「？」　　　　：不常（不太）使用的句子
　　　　　　　　有點奇怪的句子
　　　　　　　　總覺得不太對勁的句子

6

1　日語「文法」觀念正本清源

文法和句型的不同，並不在於：

| 文法 | 日本國語的文法 | （五段活用、助動詞、形容動詞等） |
| 句型 | 日語教育文法 | （語尾變化、て形、な形容詞等） |

而是

| 文法 | 是指整個日語和日語教育文法中造句規則的總體 |
| 句型 | 是指上述的文法整體領域當中的「句子形式」「構造句型」「表現句型」等內容範圍 |

（1）　日本國文法和日語教育的文法

　　說到日文文法，你大概會想到一般日本人在初中或高中時代所學的文法吧。總是離不開一些五段活用啦，或者是「未然、連用、....」等等的東西。但是這本書所要談的文法，和你所想像的這些文法內容絕對不一樣。讀者們在閱讀之前心理要有準備。

　　話說回頭，文法到底是什麼呢？我們每一個人在說話的時候，一定要遵照規則來說才能彼此溝通。日本人也不例外，日本人之所以會說、會聽，並且在看日本書的時候，能品味其中的內容，都是因為他們熟悉並了解日文的規則。這種語言的規則就叫做「文法」。

　　然而日本人並非一出生，就先接受日語的文法教育之後才會說日語的。早在還沒念小學，老師教他日語文法之前，平均差不多在４歲左右，日常生活中的大部分的日語會話，早就運用自如，朗朗上口了。

　　換句話說，日本人即使不瞭解文法也會說日語，八成是生下來

之後，從平時的生活當中，一點一滴、不知不覺學會的吧。（這種學習文法的方式目前尚是一個謎）

另一方面，日本人在學習英文的時候，情況又是怎麼樣的呢？當運用一群單字來造句，或寫一篇英文文章時，如果不懂英文文法，根本無從下手。可見日本人最早有文法的觀念，是從學英文才開始建立的。

在這裡要特別注意，教一個完全不懂日語的外國人學日語，才叫做「日本語教育」。如果是日本小孩，早在他進小學之前就已經認識相當多的單字，因此只要教他們如何組合成句子的技巧，他們自然就會造句作文，並說比較有組織有條理的日本話了。但是這種教學方式對於「日本語教育」是行不通的。

這也就是我為什麼一再強調，「日本語教育」所說的文法，和日本人自己在國內教他們自己日本人的「日本國語文法」，兩者絕對不能混為一談的關鍵所在。

日本人教日本人日文文法，是以學生已經會說日本話為前提，在這種先決條件下來解說「文法」，教導學生如何辨別五段動詞和一段動詞，告訴學生試著造一個否定句，觀察在「ない」之前的音，若是「あ」段的話，就是五段動詞，若是「い」或「え」段的話，就是一段動詞。但是這種解說方式，對初學日語的外國人而言，往往事倍功半，學了半天仍不明白為什麼要學這些規則。

分析其原因，因為學習者根本還不知道什麼叫做「否定形」「ない」形？這時候你還要先教他「五段動詞的否定形」要怎麼造才行？愈扯會愈多。因此記得！日本語教育是以完全不懂日文的人作為對象，所以第一節課必須先從「日文的構造」教起，才會有個「成功」的開始。

很多人為了區別日本語教育所教的文法和日本國語的文法，特別把「日本語教育」的文法稱為「句型」。於是在日本語教育之中，舉凡「基本句型、構造句型、表現句型、句型練習」，各課的「主要句型」等這些「句型」的用詞被廣泛的使用。因此，原本所謂的「文法」是指「造句的規則」，而「句型」只不過是整個文法領域當中極其狹小的一部分。但是在「日本語教育」的文法學習中，句型所占的地位卻一躍成為最大的題目。

我覺得實在沒有必要把教日本人的「造句技術或規則」叫做

「文法」，而把教外國人的「日本語教育」取名為「句型」。因此，這本書一律採用「文法」這個名稱。不過，就像一再強調的，它和教日本本國人民的「國語文法」截然不同。

日本人學習日本國語的文法中所用的活用表，對初學日文的外國人是沒有用的。外國人最感到困擾的日文文法之一，就是「活用表」中居然沒有過去形。而把「食べた」解釋成「動詞的連用形（食べ）＋助動詞（た）」，把「食べた」當做二個獨立的詞來處理。同樣的情況也發生在說明「食べて」就是「動詞的連用形（食べ）＋接續動詞（て）」，在日語教育中，稱為「て」形。具體來說就是對單詞的認定方法，兩者之間有點出入。

日本國語的文法和日語語教育的文法，最大不同的地方，就是在處理助動詞的問題上面。

※　大家請不要誤會，以為「日本語教育文法」就是一種「只有在從事日本語教育才用得上的特殊文法」。這種錯誤的印象應該改成「在日本語教育通常採用的文法」，或「教外國人日語最有效的文法」。

（2）為什麼要學日文文法

最近的外國語教育中，漸漸開始流行「溝通」、「溝通性會話」的說法來。似乎想強調「語言的目的是為了溝通，光學文法是沒有用的」、甚至說「何必學文法呢？」。言下之意，好像學文法的人都是笨蛋，而教文法的都是騙子似的。難道實際情況果真如此嗎？

語言是為了溝通而存在，這是無庸置疑的，但是，溝通又是什麼呢？應該是指將自己的意志和想法傳達給對方吧！然而溝通的方法並不限只用語言，有時也可用肢體語言來傳達、溝通。但是終究只能用於簡單的內容，遇到複雜的內容可就束手無策了。

文法，其實正是一切溝通的基礎。說「文法這種玩意即使我不懂，照樣可以溝通」的話是騙人的。視文法和溝通彼此對立的觀念根本就是錯誤的。換句話說，正確的觀念應該是，先從學習基本文法下手，或者是一面學習文法，一面學習溝通的方法，才是最明智之舉。

（3）為什麼需要溝通（溝通的目的是什麼？）

更進一步談到溝通到底是為了什麼？我想不外乎是為了感動對方，讓對方去為自己做事情。

例如，進入旅館的房間，想要喝點啤酒或什麼的。但是一打開房間的冰箱，卻發現裡面雖有啤酒卻沒有開罐器。這時候相信你一定會打電話，拜託服務台拿開罐器來。

這時候你説「沒有開罐器」，在日本，服務生就會將開罐器拿過來，但如果是在德國，光用德語説「沒有開罐器」是沒有用的。如果不説「請拿開罐器來」，他們是不會拿開罐器來給你的。所以，第一步你必須懂德語「開罐器」的單字。但接下來，你必須知道不能説「沒有開罐器」，而一定得説「請拿開罐器來」，這門學問就是溝通的問題。換言之，當你想要做「喝啤酒」這個行為的時候，知道該向誰説？怎麼説比較好？這就是溝通的問題。而這個時候要如何組合單詞？使用什麼樣的句型？就是文法的問題了。進一步，在開口實際説話的時候，如何正確地發音也是一個問題。這就是發音的問題了。

欠缺以上任何一步，就無法照自己的意志去喝到啤酒。如果每個人都學魯賓遜漂流荒島，一切事情不必拜託別人，全部自己來做的話，便沒有溝通的問題了，文法的問題也就不會發生了，當然更不會有發音的問題了。

（4）幫助溝通的基本練習

文法是由音韻論、形態論、結構論三個部門所構成，聲音是包括在音韻論裏面。換言之，發音也包含在文法裏面，整個説來大致的情形可用下面的圖表表示。

我們的行動 ⇨ **溝通** ⇨ **文法** ⇨ **發音**

排在越後面的，越是基礎性的東西。因此，發音練習是學任何一切語言的基礎。張口大聲地唸「あー、いー、うー、えー、おー」或「しー、ちー、すー、つー」的練習發音，或許有人會

懷疑，這對溝通會有什麼幫助嗎？却不知，發音練習是極其重要的，若無正確的發音，根本無法傳達正確的意思。

同樣的，對於像「書く」變成「書いた」、「読む」變成「読んだ」等動詞的語尾變化問題，也有人認為學這些文法，對溝通根本沒有用。其實這也是最基礎的練習，必須耐心地學習。從「～ます」形，還元成基本形（字典形）的練習，

あります。 ⇨ ある。

這種練習方式固然有必要，但如果想要把它改良成更具有溝通性的對話時，也不妨改採下列的練習方式。

あります。 ⇨ たぶんあるでしょう。
（有嗎？） （我想大概有吧！）

如果想要改進成更具有溝通性的會話，

あります。⇨ よくわかりませんが、たぶんあるでしょう。
（有嗎？） （我不太清楚，但是我想大概有吧！）

其實許多教科書中，都有上面的練習，然而對學習者來說，先決條件是必須要能了解「よくわかりませんが」的意思，才有辦法做類似上述的練習。

在日本語教育之中，總是以文法做為教育的重點，然而學習者想要學的却是溝通的方法（戰略）。可是一開始馬上就教所謂的戰略，却不會基礎的文法（戰術），怎麼可能成功呢？因此，回到基礎文法確實有其必要性，也就是要多做這些乍看之下似乎很無聊的句型練習。雖然你很想盡量多做溝通性會話的練習，但是在這之前，你必須先設法通過「基礎句型練習」這一關。

「句型練習太無聊了！我才懶得做呢！」這種論調最近似乎很流行。但是如果你看完上面我所講解的道理，相信就會覺悟「其實句型練習，是幫助溝通的一種最有效的基礎練習」，如此一來你就不會人云亦云，被錯誤的論調所迷惑了。

2　日語文法的概要

關鍵詞

格文法	日語文法
核心句（Proposition）‥‥‥‥‥構造句型（補語　述語）	
情態助述句末表現（Modality）‥‥表現句型	

　　最近，「機械自動翻譯」十分引人注目。據説當機械翻譯的電腦程式在分析日語時，若採用「格文法」的理論，一切的程式設計會比較容易思考。關於格文法最初句型分為「核心句」（Proposition）和「情態助述句末表現」（Modality）。也就是説，句子是由「核心句」與「情態助述句末表現」這兩大部分所構成的。

　　其實仔細回想看看，這和一般我們社會上從事日語教育文法時的處理精神或教學原則，是一模一樣的。「核心句」在日語教育文法就相當於「構造句型」，「情態助述句末表現」就相當於「表現句型」。

　　核心句是由述語及為了完整表現述語意思的補語所構成。可以當述語的，計有【動詞‧形容詞‧名詞＋「だ」】這三種。因此依述語的種類不同，日語的句子可分為下列三種。

動詞作為述語的句子‥‥‥‥‥‥‥‥‥動詞句
形容詞作為述語的句子‥‥‥‥‥‥‥‥形容詞句
名詞＋「だ」作為述語的句子‥‥‥‥‥名詞句

　　以下舉「動詞句」為例，其他「形容詞句‧名詞句」的情形也相同。只是，名詞句、形容詞句，比動詞句的構造來得簡單。

（１）構造句型
關鍵字

補語	格
必要補語 隨意補語　状況語	格助詞

本_{ほん}を		読_よみます。	讀書
学校_{がっこう}へ		行_いきます。	去學校
机_{つくえ}の上_{うえ}に	本_{ほん}を	置_おきます。	把書放在桌上
冷蔵庫_{れいぞうこ}から	ビールを	取_とり出_だします。	從冰箱拿啤酒出來

　　上面句中的述語，是動詞「読む、行く、置く、取り出す」。
每個動詞為了意思的完整性，所以必須要有「本を、学校へ、机
の上に本を、冷蔵庫からビールを」這些成分搭配。也就是説，
如果没有這些〔補語〕的話，整句話的意思便不完整。

読む　……〔何〕を	
行く　……〔どこ〕へ	
置く　……〔どこ〕に　〔何〕を	
取り出す……〔どこ〕から　〔何〕を	

讀　……讀〔什麼〕	
去　……去〔哪裡〕	
放　……在〔哪裡〕放　　〔什麼〕	
拿出來……從〔哪裡〕拿出來〔什麼〕	

　　由於這些詞的功用，是為了補助「述語（動詞等）」意思的完
整表達，所以稱為「補語」。（☆需注意與英文文法中的「補語

（Compliment)」不同。）補語有「必要補語」和「隨意補語（非必要補語）」兩種。以上所舉的都是「必要補語」。由上面 4 個例子可以看出，每個動詞有它特定的「必要補語」。

上述這種「動詞」與「補語」的關係，稱為「格」。日文對於「格」的表現，所採用的方式，是在「名詞」後面接「を、へ、に、から」等的「格助詞」。

這種「動詞」和「格」的組合，就叫做「構造句型」。

田中さんは		テレビを	見ます。
田中さんは	7時に	テレビを	見ます。
田中さんは	7時に 食堂で	テレビを	見ます。

田中先生		看	電視。
田中先生	七點的時候	看	電視。
田中先生	七點的時候 在餐廳	看	電視。

在此句中的述語動詞是「見る」。為了讓「見る」的意思有完整性，所以補語「〜を」是必要的。就是説，使用「見る」的時候，一定要看得到的東西存在才可以。所以，「テレビを」是「必要補語」。

然而，上面句中的「7時に、食堂で」是什麼呢？

由於這些「補語」並不是為了使動詞的意思能有完整性所必要的詞語。像「7時に、食堂で」這種詞語，就叫做「隨意補語」。「隨意補語」通常都用在表現狀況方面較多。其中用來表現「時間和場所」的，特別給它取名稱做「狀況語」。

上面的「狀況語」是由「名詞＋格助詞」所構成的。此外，往往單獨一個副詞，就可以當做「狀況語」來使用。

再者，上句中，「田中さんは」又是怎樣的呢？這句話中的「田中さんは」是動作的主體。表現動作主體的「主詞」，幾乎對所有全部的動詞都是必要的。因此我們在討論「構造句型」的時候，不需要特別去考慮（暫時把它省略，不列入句中）。

◎主題化變形

表示「主格」的助詞是「が」。但是為什麼在上面的所有例句中卻是用「は」呢？其實，這就是「主題化變形」的一個例子。

所謂的主題化變形，就是將許多「補語」當中的一個，拿出來當做「主題」，並對它施以變形。具體地說，就是把由句中提出來作為主題用的補語後面，加上一個表示主題的助詞「は」就對了。通常都把主題搬到句首的部分。

	田中さんが	7時に	食堂で	テレビを	見ます。
田中さんは		7時に	食堂で	テレビを	見ます。
7時には	田中さんが		食堂で	テレビを	見ます。
食堂では	田中さんが	7時に		テレビを	見ます。
テレビは	田中さんが	7時に	食堂で		見ます。

	田中先生	七點的時候	在餐廳	看	電視
田中先生嘛		七點的時候	在餐廳	看	電視
七點的時候嘛	田中先生		在餐廳	看	電視
在餐廳嘛	田中先生	七點的時候		看	電視
電視嘛	田中先生	七點的時候		看	

最上面一句，並沒有將任何的主題特別提出來，是所謂的「無題句」。要做「主題化變形」其實很簡單，只要先寫下「無題句」，如下：

田中さんが　7時に　食堂で　テレビを　見ます。

　　然後，各個補語如果要特別提出當主題的話，只要在該補語的後面接個「は」，再移動到句首即可。句首，是主題的範圍。加「は」時，如果變成「がは」、「をは」的話，就只寫「は」即可，換言之，只有「が」「を」可以省略，但其他格助詞則不能省略。

【問題】　試試看，將「次郎が　冷蔵庫から　ビールを　取り出す。」這個句子，作主題化變形。

（2）表現句型

　　將（1）所舉例句的句尾變成「～しましょう」的話，會得到下面的句子。

本を	読みましょう。
学校へ	行きましょう。
机の上に　本を	置きましょう。
冷蔵庫から　ビールを	取り出しましょう。

讀	書			吧。
去	學校			吧。
把	書	放在	桌上	吧。
從	冰箱	拿出	啤酒	吧。

　　同樣地變成「～なさい」的話，就得到像下面的句子。

本を	読みなさい。
学校へ	行きなさい。
机の上に　本を	置きなさい。
冷蔵庫から　ビールを	取り出しなさい。

```
快　讀　書。
快　去　學校。
快　把　書　　放在　桌上。
快　從　冰箱　拿出　啤酒。
```

　　如以上所示，日語，你只要改變句尾，整個句子的表現意圖也會跟着改變。換言之，「表現意圖」不同，一定要從「改變句尾」下手。而人們就是藉着這種五花八門的「表現意圖」，來表達人類各種複雜的思想，如果說前面的「構造句型」是在「描述一件事實」的話，那麼「表現句型」可以說就是「說話者對這件事實的看法或態度」，「構造句型」有點不像是人講的話，太過「不食人間煙火」了，但是有了「表現句型」之後，才能感覺到人的七情六慾及情緒心理反應，人心極其複雜，自然也就需要數量極其龐大的「表現句型」才能隨心所欲地盡情表達了。

　　下面僅以「学校へ行く」和「本を読む」二個短句為例，舉出各種句尾表現的實例。記住，這還只是其中的一部分而已，可見「表現句型」的重要性及學習上的困難性。

1	（敍述、現在）	学校へ行く。	去學校。
2	（敍述敬體現在）	学校へ行きます。	去學校。
3	（敍述敬體過去）	学校へ行きました。	去學校了。
4	相態（いる）	学校へ行っています。	已經去學校了。
5	相態（しまう）	学校へ行ってしまう。	已到學校去了。
6	相態（ある）	学校へ行ってある。	已去過學校了。
7	相態（おく）	学校へ行っておく。	事先去學校。
8	相態（くる）	学校へ行ってくる。	去學校後再來
9＊	相態（いく）	学校へ行っていく。	去學校後再去
10	試行	学校へ行ってみる。	去學校看看。
11	請求	学校へ行ってください	請去學校。
12	命令	学校へ行きなさい。	快去學校。
13	意志	学校へ行こう。	我要去學校。
14	勸誘	学校へ行きましょう。	我們去學校吧

15	推測	学校へ行くでしょう。	是去學校吧？
16	經驗	学校へ行ったことがある。	曾經去過學校
17	忠告	学校へ行ったほうがいい。	最好去學校。
18	希望	学校へ行きたい。	想去學校。
19	希望	学校へ行ってほしい。	希望去學校。
20	許可	学校へ行ってもいい。	可以去學校。
21	義務	学校へ行かなければならない	必須去學校。
22	禁止	学校へ行ってはいけない。	不可去學校。
23	不必要	学校へ行かなくてもいい。	可以不去學校
24	可能	学校へ行ける。	能夠去學校。
25	決心	学校へ行くことにする。	決定去學校。
26	狀態的轉移	学校へ行くことになる。	就要去學校。
27	傳聞	学校へ行くそうだ。	聽說去學校。
28	樣態	学校へ行きそうだ。	好像去學校。
29	被動	学校へ行かれた。	被他去學校。
30	使役	学校へ行かせた。	叫他去學校。
31	使役被動	学校へ行かせられた。	被迫去學校。
32	授受	学校へ行ってあげる。	幫您去學校。
33	授受	学校へ行ってくれた。	幫我去學校。
34	授受	学校へ行ってもらった。	請人去學校。
35	授受	学校へ行っていただく。	承蒙去學校。

1	（敍述現在）	本を読む。	念書。
2	（敍述敬體現在）	本を読みます。	念書。
3	（敍述敬體過去）	本を読みました。	念過書了。
4	相態（いる）	本を読んでいます。	正在念書。
5	相態（しまう）	本を読んでしまう。	念完書了。
6	相態（ある）	本を読んである。	充分念好書。
7	相態（おく）	本を読んでおく。	要事先念書。
8	相態（くる）	本を読んでくる。	從念書以來。
9	相態（いく）	本を読んでいく。	繼續念書下去
10	試行	本を読んでみる。	念書看看。
11	請求	本を読んでください。	請念書。

12	命令	本を読みなさい。	快去念書。
13	意志	本を読もう。	要念書。
14	勸誘	本を読みましょう。	我們念書吧。
15	推測	本を読むでしょう。	會要念書吧？
16	經驗	本を読んだことがある	念過書。
17	忠告	本を読んだほうがいい。	念書比較好。
18	希望	本を読みたい。	想要念書。
19	希望	本を読んでほしい。	希望要念書。
20	許可	本を読んでもいい。	可以念書。
21	義務	本を読まなければならない。	不念書不行。
22	禁止	本を読んではいけない。	不可以念書。
23	不必要	本を読まなくてもいい。	可以不念書。
24	可能	本を読める。	會念書。
25	決心	本を読むことにする。	決定念書。
26	狀態的轉移	本を読むことになる。	就要念書了。
27	傳聞	本を読むそうだ。	聽說要念書。
28	樣態	本を読みそうだ。	好像要念書。
29	被動	本を読まれた。	被他念了書。
30	使役	本を読ませた。	叫他念書。
31	使役被動	本を読せられた。	被迫念書。
32	授受	本を読んであげる。	幫您念書。
33	授受	本を読んでくれた。	給我念書。
34	授受	本を読んでもらった。	請人念書。
35	授受	本を読んでいただく。	承蒙念書。

【問題】 用「机の上に本を置く」這個句子，模仿上述的操作要領，試着作同樣的各種表達。

（3）連體修飾

實際上的日文句子，並不像上述例句那樣地簡單。日文句子之所以變得那麼複雜，主要是因為「連體修飾」和「接續的句型」這兩大因素所造成的。

きのう か　　　　　　　　ほん　　　　　　　よ
昨日買った　**本**を　　　　読みます。

ちち　そつぎょう　　　　　がっこう　　　　　い
父が卒業した　**学校**へ　　　行きます。

きのう か　　　　つくえ うえ　　きょう か　　　ほん　　お
昨日買った　**机**の上に　今日買った　**本**を　置きます。

か　　　　　　　れいぞうこ　　　　　ひ　　　　　　　　　　　と だ
ダイエーで買った　**冷蔵庫**から　冷えた　**ビール**を　取り出します。

念　昨天買的　　　　　　　［書］。

去　爸爸畢業的　　　　　　［學校］。

把　今天買的　　　　　　　［書］　　放在　昨天買的［桌子］上面。

從　在大榮百貨買的［冰箱］　拿出　冰好的　　　［啤酒］。

　　在上面的句子中，「本、学校、冷蔵庫、ビール」都分別被有畫底線的「連體修飾語」所修飾。當然「連體修飾語」的種類不止限於以動詞或助動詞結尾的「形容詞子句」，其他還有「形容詞・形容動詞・名詞＋の・連体詞」等等。

　　當你學會這一步招式之後，便掌握到造複雜句子的要領了。特別要注意句中的名詞前面若出現有「用言的連体形」時，絕對是這種句型，一般我們稱之為「連體修飾的構造」。

（4）接續句型

じ かん　　　　　　　　ほん　よ
時間があれば、本を読みます。

じ かん　　　　　　　　がっこう い
時間があれば、学校へ行きます。

じ かん　　　　　　　　つくえ うえ ほん　お
時間があれば、机の上に本を置きます。

じ かん　　　　　　　　れいぞうこ
時間があれば、冷蔵庫からビールを取り出します。

　　有時間的話，就念書。
　　有時間的話，就去學校。
　　有時間的話，就把書放在桌上。
　　有時間的話，就從冰箱拿啤酒出來。

上面的句子，是以「時間がある」作「條件」的表現，下面再接
其他各個句子。

> 時間がある**ので**、本を読みます（因為有時間，所以念書）
> 時間がある**ので**、学校へ行きます（因有時間，所以去學校）

上面這兩句，則是把「時間がある」當做「理由」的表現下面再
連接其他各個句子。

（Ａ）句

> 時間があれ**ば**本を読みます**が**、　　有時間的話就念書，但是，
> 時間がない**ので**本を読みません。　　因為沒有時間所以不念書。

（Ｂ）句

> もっと時間があれ**ば**　　　　　　　如果有更多時間的話，
> もっとたくさん本を読みたいのです**が**、　　想要念更多的書。
> 実際は時間があまりない**ので**、　　但實際上因為不怎麼有時間，
> 本が読めないのです。　　　　　　　所以無法念書。

　　上面這兩個句子，是為了示範如何把句子藉着各種表示「條件
・理由」的「接續助詞」，來使句子變得很長的技巧。其中
（Ａ）句，是先用表現條件的「ば」，和表現理由的「ので」來
連接「時間がある」和「本を読みます」兩個句子，湊成一個比
較長的句子，最後再利用表現「逆接」的「が」把這兩個比較長
的句子湊成一個更長的句子。相對的，（Ｂ）句也是同樣的手法，
但是其中更加進去一些「副詞」（如：「もっと・たくさん・実
際・あまり」），使句子的表現更加靈活，也更加像是眞正人在講
的話。

　　我們只要按照本章所述，由「構造句型⇨表現句型⇨連體修飾⇨接續句型」，再加上「主題化變形」，一步一步演化下來的技巧，便可以造出平常日本人眞正使用的複雜日語句子了。反過來説，當你在閱讀日文書時，遇到複雜的日語句子，也依此分析要領反推回去，就自然看得懂了。

3　名詞句（1）

これは本です。	這是書。
これは本ですか。	這是書嗎？
はい、それは本です。	是的，這是書。
いいえ、それは本ではありません。	不是的，這不是書。
これも本ですか。	這也是書嗎？
はい、それも本です。	是的，這也是書。

標準日語的教科書總是由上述這樣的句子展開的。

以文法的原理來說，確實也應該由名詞句開始教才對。

單是這些例句之中，便包含了下列的重要文法事項。

① 　句型　　～は　N（名詞）＋だ
② 　指示詞（こ・そ・あ・ど）
③ 　「か」助詞。接在句尾，造疑問句。
④ 　「はい、いいえ」　應答詞（參照「6『はい』と『いいえ』── 應答詞」）。
⑤ 　「も」助詞。表示同類的事情。

（1）名詞＋「だ」

　名詞句的述語，就是《名詞＋「だ」》。述語的形式（敍述形）會像下表這樣地變化。名詞的種類繁多，此表中就以「本（書）」來代表。一般社會上日語補習班教學的方式，通常都是採用「敬體形」（粗體字部分）。

	普通形		敬體形	
	肯定形	否定形	肯定形	否定形
現在形	本だ	本ではない	本です	本ではありません
過去形	本だった	本ではなかった	本でした	本ではありませんでした

　如果用中文翻譯上面這個表的話，恐怕除了「是書・不是書」之外，看不出任何名堂，若是改用英譯，還可看出「現在・過去」的差異，由這點也可看出「中・英・日」語言的性格不同，中文不重視「時式」，英文不重視「敬體」，日文則是集大成。

	普通形		敬體形	
	肯定	否定	肯定	否定
現在式	*is a book*	*is not a book*	*is a book*	*is not a book*
過去式	*was a book*	*was not a book*	*was a book*	*was not a book*

（2）指示詞（現場指示的用詞）

> これはノートですか。　　——はい、それはノートです。
> それはボールペンですか。－はい、これはボールペンです。
> あれは本ですか。　　　——はい、あれは本です。

> 這是筆記本嗎？　——　是的，那是筆記本。
> 那是原子筆嗎？——　是的，這是原子筆。
> 那是書嗎？　———　是的，那是書。

　在教室內的談話，以「離説話者近，離聽話者遠」的事物指示，用「こ－」來説。「離聽話者近，離説話者遠」時用「そ－」來説。由此原則來看，一般「こ－」相對用「そ－」來回答，「そ－」則相對用「こ－」來回答。但是，若指示的事物體積龐大，例如在汽車或在建築物的前面的會話，就變為像下面的句子。

これは<ruby>あなた<rt></rt></ruby>の<ruby>自動車<rt>じどうしゃ</rt></ruby>ですか。　　這是你的車嗎？

－はい、これは<ruby>私<rt>わたし</rt></ruby>の<ruby>自動車<rt>じどうしゃ</rt></ruby>です。　　是的，這是我的車。

　　這時候「こ－」相對用「こ－」來回答。如果說「それは私の自動車です（那是我的車）」的話。表示二人彼此在距離很遠的情況下說話。

（３）疑問句（質問句）

　　我們把問別人事情叫做「疑問句」。但若細深究的話，這個用語實在很奇怪。改稱為「質問句」還比較貼切。不過依照社會一般的使用習慣，我還是延用「疑問句」的名稱。

　　在日文，所有要用「はい、いいえ」來回答的疑問句，或是由「疑問詞」所造的疑問句，都應一律在句尾加「か」。

　　これはテレビですか。　　　　　　這是電視機嗎？

　　これは<ruby>何<rt>なん</rt></ruby>ですか。　　　　　　　這是什麼？

4　名詞句（2）

これは　何<ruby>何<rt>なん</rt></ruby>ですか。	本<ruby>本<rt>ほん</rt></ruby>です。
あなたの<ruby>傘<rt>かさ</rt></ruby>は　どれですか。	これです。

這是	什麼？	是書。
你的傘是	哪一支？	是這支。

（1）「何（什麼)」與「どれ（哪一個)」

　「什麼」與「哪一個」相當於英語的「what」和「which 」，但在不使用英語的原則下，應該採用下面的教法。

これは　<ruby>何<rt>なん</rt></ruby>ですか。	⇨	これは　<ruby>本<rt>ほん</rt></ruby>です。
<ruby>本<rt>ほん</rt></ruby>は　　どれですか。	⇨	<ruby>本<rt>ほん</rt></ruby>は　　これです。

這是	什麼？	⇨	這是　　　書。
書是	哪一本？	⇨	書是　　這本。

　也就是說，對於用「何（什麼)」問，要回答名稱，對於用「どれ（哪一個)」問，要用指示詞來回答。對於「本はどれですか（書是哪一本？)」這個問句，你如果用「これは本です（這是書)」來回答，就錯了。

（2）向別人詢問名稱和請求指示的時候

　日文使用「何（什麼)」與「どれ（哪一個)」時機的不同，一般來說，是看問話的人想知道的是「名稱」或是希望別人「指

示」，來做為區別的要領。

	物	人（普通）	人（敬稱）	方向	場所
詢問名稱	何	だれ	どなた	どちら	どこ
請求指示	どれ	どの人	どの方／どなた	どちら	どこ

	東西	人（普通）	人（敬稱）	方向	場所
詢問名稱	什麼	誰	哪位	哪邊	哪裡
請求指示	哪一個	哪一位	哪位／哪位	哪邊	哪裡

① 「何（什麼）」是要詢問別人東西的名字。

　　これは何ですか。　　　　　（這是什麼？）

　　それは本です。　　　　　　（這是書）

　 「どれ（哪個）」是要請別人指示你東西是哪一個。

　　あなたの傘はどれですか。　（你的傘是哪一支？）

　　私の傘はこれです。　　　　（我的傘是這一支）

② 「だれ（誰）」是要詢問人的名字。

　　あの子はだれですか。　　　（那個小孩是誰？）

　　次郎です。　　　　　　　　（是次郎）

「どの人（哪位）」是請別人指示你某個人是哪一個。

上田さんはどの人ですか。　　（上田先生是哪一位？）

あの人です。　　　　　　（是那一位）

説「山田さんはだれですか（山田先生是誰啊？）」，很明顯就錯了。

③懷有敬意地詢問人的名字時要用「どなた（哪位）」。

あの方はどなたですか。　　　（那位是誰啊？）

佐藤先生です。　　　　　　（是佐藤老師）

請求指示時用「どの方（哪一位）」。

小山さんはどの方ですか。　　（小山先生是哪一位？）

あの方です。　　　　　　（是那位）

請求指示時也可用「どなた（哪位）」，因此，即使説「大山さんはどなたですか（大山先生是哪位？）」，也不能説是錯的。

◎在詢問人的姓名時，下列的説法容易弄錯，要小心。

○　数学の先生は何先生ですか。　（數學老師是哪位老師？）

×　数学の先生はだれ（どなた）先生ですか。

④至於「方向、場所」這些區別就不見了。

方向〔問名稱〕学校はどちらですか。（學校在哪邊？）

南です。　　　　　　　（在南邊）

〔問指示〕学校はどちらですか。（學校在哪邊？）

こちらです。　　　　　（在這邊）

場所〔問名稱〕駅はどこですか。　　　（車站在哪裡？）

　　　　「明大前」です。　　　　　　（在「明大前」站）

　　　〔問指示〕駅はどこですか。　　　（車站在哪裡？）

　　　　この先です。　　　　　　　　（在前面）

（３）「これは本です（這是書）」和 　　　「本はこれです（書是這本）」的差別

由上所見，對於

これは何ですか。　　　　　（這是什麼？）

有不計其數回答的可能性。例如下面回答都對。

これは本です。　　　　　　　（這是書）

これは新聞です。　　　　　　（這是報紙）

これはノートです。　　　　　（這是筆記本）

これは写真です。　　　　　　（這是照片）

但對於

本はどれですか。　　　　　（書是哪一本？）

可回答的則只有下面這三種回答方式。

本はこれです。　　　　　　　（書是這本）

本はそれです。　　　　　　　（書是那本）

本はあれです。　　　　　　　（書是那本）

因為「これは本です（這是書）」與「本はこれです（書是這
本）」，這兩句話所要發揮的作用完全不同。

5　名詞句（3）

わたしは　学生^{がくせい}です。

ヤンさんは　どこの　国^{くに}の　学生^{がくせい}ですか。

わたしは　○○○の　学生^{がくせい}です。

我是　　　　　　　　學生。

楊先生是　哪個　國家的　學生呢？

我是　○○○國的　學生。

（1）人稱代名詞

　　歐洲語系，通常會根據人稱的不同，而改變動詞的語尾。因此，首先必須要教第一人稱、第二人稱、第三人稱的念法。

　　義大利語　amare　（愛）

io amo noi amiamo	私が愛する （我愛）	我々が愛する （我們愛）
tu ami voi amate	お前が愛する （你愛）	お前たちが愛する （你們愛）
egli ama essi amano	彼が愛する （他愛）	彼らが愛する （他們愛）

　　然而在日語中並沒有這種現象。所以沒有必要一開始就先教第一人稱、第二人稱、第三人稱的念法。但是，歐美的人士學日語大概會很想知道吧！其實日語也有許多的人稱代名詞，但却不會和動詞的語尾變化產生任何的關連。

在亞洲語系中，朝鮮語和泰語與日語同樣地有很多的人稱代名詞，但是中文就沒有這種現象，只有簡單的，我（第一人稱），你（第二人稱），他（第三人稱）而已。

日本語教育，大致一開始，以第一人稱「わたし（我）」，第二人稱「あなた（你）」，第三人稱「あの人（他）」來表示。第三人稱的「彼（他），彼女（她）」因為係翻譯語和文章用語，所以在初級日語不教。

（2）需要特別注意「あなた（你）」

在日語中即使不用第二人稱的「あなた（你）」也可以進行交談。不！其實甚至應該說「不准使用」才對。

> チャンさん、チャンさんはシンガポールの学生ですか。
> —— はい、私はシンガポールの学生です。
> 先生、これは先生の時計ですか。
> —— ああ、そうだよ。

> 張先生！請問，張先生是新加坡的學生嗎？
> —— 是的，我是新加坡的學生。
>
> 老師，這是老師的手錶嗎？
> —— 啊，是啊。

對日語而言，像這樣直接稱呼名字、身分，其實就已代替了第二人稱的作用。

（3）在自己的姓後面加「～さん」是錯誤的。

我們經常聽到類似「私はメリーさんです（我是瑪麗小姐）」這種在自己姓名後面加「～さん」的錯誤日語。如果老師告訴學

生説「〜さん」就等於英文中「 Mr., Mrs., Miss」當中的任何一個，必定會發生這樣的誤解。站在教學的立場，應該瞭解英文中的「 Mr., Mrs., Miss」並不是敬稱。否則，就會很自然地在自己名字後面加上「〜さん」。

即使是否定句，加「〜さん」也很奇怪。

あなたはメリーさんですか。　　　你是瑪麗小姐嗎？

—（×）いいえ、私はメリーさんではありません。

〔不，我不是瑪麗小姐。〕

—（○）いいえ、私はメリーではありません。

〔不，我不是瑪麗。〕

（4）國家與語言，國民的説法

在英文中，Japanese是「日文」也是「日本人」的意思。但是在日文裡，語言和國籍就有「〜語」和「〜人」的分別。

自我介紹的時候，説「私は○○人です（我是○○人）」也很奇怪。所謂「○○人」一般是只有在像下句，言及○○人的屬性（特徵）時，才自然。

「タイ人はタイ語を話します（泰國人説泰國話）」

6 「是」與「不是」－應對詞 「はい」「いいえ」

これは本^{ほん}ですか。 ―― はい，そうです。

これは本^{ほん}ではありませんか。 ―― いいえ，本です。

これはビールではありませんか。 ― はい，ビールではありません。

這是書。 ―― 是的，是書。

這不是書嗎？ ―― 不，是書。

這不是啤酒嗎？ ―― 是的，不是啤酒。

（１）應對詞（應答詞）－原則與實際

　　日語的「はい（是）」與「いいえ（不是）」特別稱為「應答詞」。學過日語會話的人都知道，它們和英語中的"Yes，No"使用方法並不一樣。也就是說，英語是根據內容（後面所接的句子）來決定「Yes」或「No」，而日文則是看答案與問題之間，如果答案和問題一致，說「はい（是的）」，如果不同的話就說「いいえ（不對）」。就像上面例句所示。

　　然而，實際上我們經常也會遇到類似下面會話的經驗。

行^いきませんか。 ―― はい、行^いきます。
　　　　　　　　 ―― いいえ、行きません。

不去嗎？ ―― 要，我要去。
　　　　 ―― 不，我不去。

　　這一點又和英文的回答方式一致。什麼樣的場合下要像這樣說呢？似乎當問話者「已預先推測好對方的回話」時，才能這樣用，

嘴裏説「不去嗎？」，其實心裏面想要的答案却是「要去」，回答者站在問話者的立場，當然回答説「要，我要去」。

（2）法語、德語的應對詞
（對否定疑問句給與肯定的回答）

因此應對詞的使用，對各國語言最容易混淆的機會，多半是在回答「否定疑問句」時發生。

在法語中，對普通的「肯定疑問句」，給與肯定的回答時是用「Oui」，但對「否定疑問句」給與肯定的回答時，則特別使用和「Oui」不同的「Si」。

Il n'est pas parti ? —— *Si.*

かれ　しゅっぱつ
彼は出発しなかったのですか。　　　　　他還没出發嗎？

しゅっぱつ
—— いいえ、出発しました。　　　　　不，出發了

剛才説「Si」是特別的的用詞？其實並非如此。在義大利語中，「Si」不但可以用在對「普通的肯定疑問句」的回答，也可以用在對「否定疑問句」給與肯定的回答。

在德語中，對「否定疑問句」給與肯定的回答時用「doch」，帶有「可是……」的意味在。

	對肯定疑問句給與		對否定疑問句給與	
	肯定回答	否定回答	肯定回答	否定回答
日語(1)	はい	いいえ	いいえ	はい
日語(2)	はい	いいえ	はい	いいえ
英語	Yes	No	Yes	No
義大利語	Si	No	Si	No
法語	Oui	Non	Si	Non
德語	Ja	Nein	Doch	Nein

（3）電話中的「はい、はい〔是，是的〕」
── 表示「我有在聽」

我們常聽到日本人用英語打電話時候，口裏不停地頻頻説：「Yes，Yes」，顯然那是從「はい、はい（是，是）」直接翻譯成英語的，在日本本國用「はい、はい」，到了英語國家當然就「Yes，Yes」了。

其實日語電話中的「はい、はい（是，是）」，帶有「聞いていますよ（我在聽著呢／我可沒有睡著嘛！）」的意思，而非「同意或承諾」的意思，因此如果直譯成英語的「Yes，Yes」是錯誤的。

泰國人打電話時（當然説泰語），一面聽一面會頻頻説：「Ka，Ka」。這正好就像是日語的「はい、はい（是，是）」。就是「我沒有睡着，我有在聽」的意思。換言之，這只是一種信號，鼓勵對方繼續講下去，泰語在這方面和日語類似，其實中國人在電話中喃喃地説「是！是！」又何嘗不是如此呢？

如果你以為所有外國語全部和日語不同，那就錯了。同樣的，你若以為英語以外的所有外國語都和英語相同，那更是大大地錯了。總之把英語當作是所有外國語的代表，絕對是犯了嚴重的錯誤觀念。

（4）「ええ（嗯）」

另外還有「ええ〔嗯〕」的應對詞。這個用詞不適合小孩子使用。如果你使用的話，會被認為是個驕傲自大的小子。

7 「はい、そうです」
⇨「是，是的」

これはあなたの本ですか。	這是你的書嗎？
はい、そうです。	是，是的。
いいえ、そうではありません。	不，不是的。
お酒を飲みますか。	要喝酒嗎？
はい、飲みます。	是，要喝。
いいえ、飲みません。	不，不喝。

　「そうです。」只能用在回答「名詞句」。對於回答「動詞句」，絕對不能使用「そう」。所以下面的句子都是錯誤的。

本がありますか。	＊はい、そうです（是，是的）。
（有書嗎？）	はい、あります（是，有的）。
	＊いいえ、そうではありません。
	（不，不是的）
	いいえ、ありません（不，沒有）。
コーヒーを飲みますか。	＊はい、そうです（是，是的）。
（要喝咖啡嗎？）	はい、飲みます（是的，要喝）。
	＊いいえ、そうではありません。
	（不，不是的）
	いいえ、飲みません（不，不喝）。

36

同樣地，「そう」也不能用在「形容詞句」方面。

それはおいしいですか。　　はい、おいしいです（是，好吃）。
（這個好吃嗎？）　　　　＊はい、そうです（是，是的）

それはきれいですか。　　　いいえ、きれいではありません。
（這個漂亮嗎？）　　　　　（不，不漂亮）
　　　　　　　　　　　　　＊いいえ、そうではありません。
　　　　　　　　　　　　　（不，不是的）

　　總之，對於「動詞句」「形容詞句」的疑問句，必須用問句中
原有的「動詞」「形容詞」來回答。

　　但如果是在「動詞句」「形容詞句」等原本不能用「そう」來
回答的句子後面，加上「～のですか」這個「句末助述表現」的
話，便開始可以使用「そう」來回答了。因為這個「～のです」
具有使「動詞句・形容詞句」變成「名詞句」的功能。

本_{ほん}があるのですか。　　　はい、そうです（是，是的）
（應該是有書的吧？）　　　いいえ、そうではありません。
　　　　　　　　　　　　　（不，不是的）

コーヒーを飲_のむのですか。　はい、そうです。
（是要喝咖啡的吧？）　　　（是，是的）

それはおいしいのですか。　はい、そうです。
（這是好吃的吧？）　　　　（是，是的）

それはきれいなのですか。　いいえ、そうではありません。
（這是漂亮的吧？）　　　　（不，不是的）

8　存在句與所在句

<ruby>机<rt>つくえ</rt></ruby>の<ruby>上<rt>うえ</rt></ruby>に	<ruby>本<rt>ほん</rt></ruby>が	あります。	（桌上　有　書）
<ruby>木<rt>き</rt></ruby>の<ruby>下<rt>した</rt></ruby>に	ねこが	います。	（樹下　有　猫）
<ruby>本<rt>ほん</rt></ruby>は	<ruby>机<rt>つくえ</rt></ruby>の<ruby>上<rt>うえ</rt></ruby>に	あります。	（書　在　桌上）
ねこは	<ruby>木<rt>き</rt></ruby>の<ruby>下<rt>した</rt></ruby>に	います。	（猫　在　樹下）

　　在標準的日語教科書中，緊接在「名詞句」之後，通常都會教「存在句」。存在句的述語是使用「ある、いる」這兩個動詞，換言之，在還沒有學任何「一般動詞」之前，就應該先學含有「ある、いる」這兩個動詞的「存在句」，從「存在句」的例句中，我們可以學到下列幾項重要文法。

　　①句型　　　【場所】に　Ｎ（名詞）が　ある／いる

　　　句型　　　Ｎ（名詞）は　【場所】に　ある／いる

　　②「ある」和「いる」

　　③表示場所的「こ・そ・あ・ど」指示詞

　　④場所關係的表示法

　　⑤格助詞「に」，用於表示存在的場所

（１）存在句的句型

　　所謂的存在句就是指用來表示「人、動物和東西」存在的句子。其句型公式是：

【場所】に　【物】が　ある

（例）客間にテレビがある。（客廳有電視）
きゃくま

【場所】に　【人・動物】が　いる

（例）庭ににわとりがいる。（庭院裡有鷄）
にわ

「ある」和「いる」的用法區分要領如下：

表示【東西】　　的存在　用「ある」
表示【人・動物】的存在　用「いる」

至於在句型方面，「〜に」表示存在場所，「〜が」表示主體。

（２）所在句的句型

　將「存在句」內的【物體】或【人・動物】作「主題化變形」，便産生所謂的「所在句」。所在句的句型如下：

【物體】は　【場所】に　ある

（例）テレビは客間にある。（電視在客廳）
きゃくま

【人・動物】は　【場所】に　いる

（例）にわとりは庭にいる。（鷄在庭院裡）
にわ

　相對於「存在句」是對突然所見的情景加以敍述的句子，「所在句」則是將存在句中的【物體】或【人・動物】特別提出當作主題來強調，然後再敍述它們是位於什麼【場所】的句子。
　關於「主題化變形」請參照「２　日語文法概要」。

（3）「ある」「いる」

	普通形		敬體形（丁寧形）	
	肯定形	否定形	肯定形	否定形
現在式 過去式	ある あった	ない なかった	**あります** ありました	**ありません** ありませんでした

存在句的述語是「ある」或「いる」。

「ある」的述語形式（敍述形），依上面圖表的規則而變化。

「ある」是依「五段動詞」活用規則來變化，但特別是在普通形的否定形時，和一般的五段動詞變化規則不同，必須變成為⇨「ない」和「なかった」（而非變成「あらない」）。其中，對於初級班的學生，所教的是敬體形的現在式（粗體字部分）。

「いる」是按照「一段動詞」的變化表來變化。

關於動詞的變化，詳細內容請參照「14 動詞的基本觀念」。

（4）表示場所的指示詞

表示場所的指示詞計有：「ここ・そこ・あそこ・どこ」。它們的用法如下：

そこに<ruby>何<rt>なに</rt></ruby>がありますか。 （那裡有什麼？）	ここに<ruby>本<rt>ほん</rt></ruby>があります。 （這裡有書）
どこに<ruby>鳥<rt>とり</rt></ruby>がいますか。 （哪裡有鳥？）	<ruby>木<rt>き</rt></ruby>の<ruby>上<rt>うえ</rt></ruby>にいます。 （樹上有）
どこかに<ruby>鳥<rt>とり</rt></ruby>がいますか。 （在哪裡有鳥呢？）	いいえ、どこにもいません。 （没有，什麼地方都没有）

關於「とこかに」「どこにも」請參照「9 『有什麼嗎』與『是否有什麼嗎』」。

（5）場所關係的表示法 ──
「上，下，中，前，後，側，旁邊」等

「机の上に〔在桌上〕」相當於英語的『on the desk 』。兩者比較，可以發現英語純粹只用「前置詞（preposition ）」後面接表示存在位置的名詞。相反地，日語則是採用在表示位置關係的名詞後面接「上（うえ）・下（した）・中（なか）・前（まえ）・後ろ（うしろ）・橫（よこ）・側（そば）」再接「に」的方式。，實例如下：

つくえ うえ
机の上に　　　　（桌上）

い す した
椅子の下に　　（椅子下面）

かばん なか
鞄の中に　　（皮包裡面）

いえ まえ
家の前に　　　　（家前面）

みせ うし
店の後ろに　　（店後面）

ぎんこう よこ
銀行の橫に　　（銀行旁邊）

えき
駅のそばに　（車站旁邊）

看了上面的例子，我們可以發現英日語一項很明顯的差異，就在於「英語的介系詞是屬於**前置詞**（preposition ），但日語的格助詞雖功能極類似介系詞，却屬於**後置詞**（postposition ）」。另外，因為在本章中我們所討論的是存在句的句型，所以用「に」表示存在的「場所」，如果是一般動作句的句型，那時就應該改用「で」來表示「動作的場所」才對了。

つくえ うえ
机の上に‥‥があります。　　（在桌上　有‥‥）

き した あそ
木の下で‥‥遊びます。　　（在樹下　玩‥‥）

（6）存在句的問答

下面舉一些存在句的問答例子。請特別注意否定的答法。

机の上に本がありますか。	桌上有書嗎？
いいえ、机の上には本はありません。	沒有，桌上沒有書。
机の下に何がありますか。	桌子下面有什麼？
椅子があります。	有椅子。
どこに本がありますか。	哪裡有書？
ピアノの上にあります。	在鋼琴上面有。
どこかにいい本がありますか。	在什麼地方有好書嗎？
いいえ、どこにもありません。	不，什麼地方都沒有。

關於「何かに」「何にも」，請參照「9 『何がありますか（有什麼嗎）』與『何かありますか（是否有什麼嗎）』」。

（7）「は」和「が」

「は」和「が」之所以會造成問題，是因為學習者喜歡用自己的母語來翻譯日文，結果造成「は」和「が」意思完全區分不出的現象。朝鮮話本身就有「は」和「が」的區別，所以不會有問題。因此對母語是朝鮮語的學習者，沒有必要說明「は」和「が」的區別。

相信在看完上面所述「存在句」和「所在句」，有些觀察入微的學習者就會發現到「は」和「が」的問題了。以下分別用日文、英文、中文翻譯，能夠掌握到翻譯要領的話，學習者自然就能了解其間「本が」和「本は」的差異，對整句話意思的影響甚大，從此就不會再為這個問題感到困擾了。

机の上に<u>本が</u>あります。　　　　<u>本は</u>机の上にあります。
There is <u>a book</u> on the desk.　　<u>The book</u> is on the desk.
桌子上　有　一本書。　　　　　　書　在　桌子上。

（8）表示活動場所的存在句

要學習和「存在句」有關，表示「活動場所的存在」句型。用「に」和「で」會造成意思極大的差異。因此對這個句型要特別留心。

体育館**に**　ピンポンの**台**が　　あります。體育館有乒乓桌。

体育館**で**　ピンポンの**試合**が　あります。體育館舉行乒乓球賽

　也就是說，表示東西存在的場所用「に」，但如果是表示「動作・活動・儀式等」的存在時，舉辦該活動的場所則該用「で」表示才對。這時的「ある」，其實是「舉辦，舉行，進行」的意思，而不再是「有」或「在」了。

9 「何がありますか（有什麼嗎？）」與「何かありますか（是否有什麼嗎？）」

在上一章討論「存在句」時，曾出現有「何か」的用詞。「何」就是英文的「What」，「何か」就是「something」。但是如果不使用英文對照法來教，該怎麼教呢？

下面就舉一般性的例子來說明。

「<ruby>何<rt>なに</rt></ruby>がありますか。」 「有什麼嗎？」 「<ruby>本<rt>ほん</rt></ruby>があります。」 「有書。」	「<ruby>何<rt>なに</rt></ruby>かありますか。」 「是否有什麼嗎？」 「はい、あります。」 「是的，有。」 「<ruby>何<rt>なに</rt></ruby>がありますか。」 「有什麼呢？」 「本があります。」 「有書。」

針對「何が」的問句，就直接用「本が」來回答。但如果是問「何か」時，則應該先回答「はい（有）」，然後等對方又問「何が」的時候，才能用「本が」來回答。換言之，要特別注意，對於「何か」，要先回答「はい」或「いいえ」，是本章的重點。

（1）把「何かが」轉變成為「何か」

<ruby>何<rt>なに</rt></ruby>が　ありますか。　　　　　　　　有什麼嗎？

何か　ありますか。　　　　　　　　是否有什麼嗎？

　把這兩句話並列，看起來好像是「が」和「か」之間的對立，事實上卻不是這樣。其實是：

　　【何　】が　ありますか。　　　　有什麼嗎？

　　【何か】が　ありますか。　　　　是否有什麼嗎？

　重新排成這樣的話，就可以很清楚地看出，對立的是【何】和【何か】，【何か】其實是【何かが】後面的「が」被省略掉的結果。

（２）把「何かを」轉變成為「何か」

　這種問題並不是只有出現在存在句的「あります」的情況，其他一般的動詞也會出現。下面就以「飲みます」為例來看。

「何を飲みますか。」 「コーヒーを飲みます。」	「何か飲みますか。」 「はい、飲みます。」 「何を飲みますか。」 「コーヒーを飲みます。」

「要喝點什麼嗎？」　　　　　　　「是否要喝點什麼嗎？」
「喝咖啡。」　　　　　　　　　　「是的，要喝。」
　　　　　　　　　　　　　　　　「喝點什麼呢？」
　　　　　　　　　　　　　　　　「喝咖啡。」

| 【何　】を　飲みますか。 | 要喝點什麼嗎？ |
| 【何か】を　飲みますか。 | 是否要喝點什麼嗎？ |

很明顯地可以看出【何】和【何か】是對立的。而【何か】其

實是【何かを】，省略了「を」。

格助詞接在「何か」的後面，可以產生下各種説法。

> 何かが　何かを　何かに　何かへ　何かから

這種現象並不只是發生在「何」這個疑問詞的身上。其他疑問詞也有相同的情況，舉例説明。

> 誰かが　　誰かを　　誰かに　　　　　誰かから
> どこかに　どこかを　どこかに　どこかへ　どこかから
> どれかが　どれかを　どれかに　どれかへ　どれかから

（3）否定的情況

否定的情況，使用「も」和「否定形」。

> 何(なに)も　ありません（什麼也没有）
> 何(なに)も　飲(の)みません（什麼也不喝）

在「何」和「も」之間放入格助詞，就變成以下所示。

> 何(なに)がも　何(なに)をも　何(なに)にも　何(なに)からも

格助詞「が」和「を」通常被省略。（極偶然的情況下才會説「～をも」）。其他的格助詞則不能省略。

其他疑問詞的情況。

> だれがも　だれをも　だれにも　　　　だれからも
> どこがも　どこをも　どこにも　どこへも　どこからも
> どれがも　どれをも　どれにも　どれへも　どれからも

１０　形容詞

これはおいしいバナナです。	這是好吃的香蕉。
ここは静かな部屋です。	這是安靜的房間。
このバナナはおいしいです。	這個香蕉很好吃。
このりんごはおいしくありません。	這個蘋果不好吃。
昨日は暑かったです。	昨天很熱。
昨日は寒くなかったです。	昨天不冷。

（１）「い形容詞」和「な形容詞」

高い（高的）、大きい（大的）

おいしい（好吃的）、白い（白的）‥‥‥‥‥‥ い形容詞

静かな（安靜的）、きれいな（漂亮的）

親切な（親切的）、丈夫な（堅固的）‥‥‥‥‥ な形容詞

※「おいしい⇨美味しい」「きれいな⇨綺麗な」，之所以未和其他「形容（動）詞」一樣寫成「漢字＋假名」，係因為日本人對於某些「形容（動）詞」甚至「動詞」也有習慣上故意不寫

「漢字」的現象。

在日本語教育中，被稱為形容詞的計有「い形容詞」和「な形容詞」兩種。前者就是傳統的單純形容詞，一般就叫「形容詞」，後者則是近代因「形容詞」的數量太少，不夠用，才另外再由「抽象名詞＋だ／です／である」新構成的「形容動詞」。

一般教學上，以「基本形」來舉例的時候，「い形容詞」是採用「敍述形（即當作「述語」使用時）」，「な形容詞」則是取它的特徵，採用「連體形」。

以文法來看，「形容動詞」，亦即「な形容詞」，它的用法和性質，幾乎和名詞沒有什麼兩樣。故改稱為"形容名詞"或者"名詞形容詞"也未嘗不可。英語的名稱是「Adjectival Noun」或是「Qualitative　Noun」。

（2）形容詞的功用

從「形容詞」命名的由來而言，「修飾名詞」應該是它最原始的任務。但除此之外，也可做為句子的「述語」。甚至還可以利用所謂的「連用形」來從事「修飾動詞」的工作，這時候它的用法其實和副詞沒有什麼兩樣。

	い形容詞	な形容詞
修飾名詞	おいしいリンゴ （好吃的蘋果）	静かな部屋 （安静的房間）
做為述語	このリンゴはおいしい。 （這個蘋果很好吃）	この部屋は静かだ。 （這個房間很安静）
修飾動詞	おいもをおいしく煮る。 （把甘薯煮得很好吃）	子供が静かに眠っている （小孩安静地睡着了）

（3）形容詞的變化（以い形容詞「高い」為例）

☆ 以「高い」為例的形容詞變化表

		普通形		敬體形	
		肯定形	否定形	肯定形	否定形
敍述形	現在形	高い	高くない	高いです	高くありません 高くないです
	過去形	高かった	高くなかった	高かったです	高くありませんでした 高くなかったです
連體形	現在形	高い	高くない		
	過去形	高かった	高くなかった		
中止形		高く	高くなく		
て 形		高くて	高くなくて		高くありませんで
たら形		高かったら	高くなかった		高くありませんでしたら
ば 形		高ければ	高くなければ		

な形容詞的例子（以「静かだ」為例）

		普通形		敬體形	
		肯定形	否定形	肯定形	否定形
敍述形	現在形	静かだ	静かではない	静かです	静かではありません
	過去形	静かだった	静かではなかった	静かでした	静かではありませんでした
連體形	現在形	静かな	静かではない		
	過去形	静かだった	静かではなかった		
連用形		静かに			
中止形		静かで	静かではなく		
て形		静かで	静かではなくて		静かでありませんで
たら形		静かだったら	静かでなかったら		静かでありませんでしたら

（4）在形容詞的用法中應該特別注意的幾個字

《多く・近く・遠く》

　　＊　多<small>おお</small>い人<small>ひと</small>が映画<small>えいが</small>を見<small>み</small>ていました。（很多人在看電影）

　　很多人直接照「many people 」翻譯成錯誤的「多い人が」。
正確的表達方式，應該是「多くの人が」才對。
　　形容形的「～く」形，除了表中的「中止形」之外，還有「名
詞形」的用法，但是會有這種用法的形容詞很少，比較常見的還
有「近く・遠く・古く」。

　　　　近<small>ちか</small>くの本屋<small>ほんや</small>　　　　　　　　　（附近的書店）

　　　　遠<small>とお</small>くにある駅<small>えき</small>　　　　　　　（位於遠處的車站）

「近く」的用法中，最常用的是像下面的例子中，充當帶有「將
近」的意思的接尾語。

　　　100 万人近<small>ひゃく まんじんちか</small>くの人<small>ひと</small>が海外<small>かいがい</small>に出<small>で</small>かけたそうだ。
　　　（聽說有將近100 萬人到海外去）

１１ 「屬性形容詞」與「感情形容詞」

在日語的形容詞（包含「な形容詞」）中，有一群用來表示突出的特徵，並且會對其他文法事項造成廣泛影響的形容詞。

被稱做「感情形容詞」的便是上述的這一種。另外與它相對的則有所謂的「屬性形容詞」。

在此，我們就來觀察這些「形容詞」在句法及句型方面的特徵。

（１）屬性形容詞 ── 客觀地表示事物的形狀、特徵。

以「高い（高的）」和「広い（寬的）」為例

あの山は高い。 （那座山很高）	＊ 私はあの山が高い。 ？ 私にとって あの山は高い。
この部屋は広い。 （這房間很大）	＊ 私はこの部屋が広い。 私にとって この部屋は広い。 （對我來說，這房間很大）

屬性形容詞是用來客觀地表示事物的形狀・特徵。其句型非常地簡單。就是

〜は 【形容詞】

感情形容詞，原則上是以「表達說話者的感情」為主，所以背地裏隱含有主語就「私（我）」的意思，但是對屬性形容詞而言，正如上面的例句，根本沒有「私（我）」的容身插足之地。（話雖如此，如果是談論到有關「私（我）」的屬性時，則又當別論了）

如果硬要把屬性的判斷者放到句子裏面的話，可以利用「〜にとって（對〜而言）」的說法。但是「私にとってあの山は高い

（對我而言，那座山很高）」這種説法，雖然不能算錯，但却有點奇怪。

　因此，對感情形容詞而言，句型内往往會放進表示感情對象的用詞（名詞），但對屬性形容詞，這個説法就行不通了。或許有人會以存在有「私は顔が広い（我的臉很大⇨我的交際很廣）」的説法來反駁上面的原則，但是請注意，這裡的「顔（臉）」是「広い（很大）」這個屬性的持有者，而非對象。

（2）採用「屬性形容詞」句型的「おいしい（很好吃）」

	＊　私_{わたし}はおいしい。
この料理_{りょうり}はおいしい。 （這菜很好吃）	私_{わたし}はこの料理_{りょうり}がおいしい。 （我覺得這菜很好吃）
	私_{わたし}にとってこの料理_{りょうり}はおいしい。 （對我來説這菜很好吃）

　「おいしい（很好吃）」看起來好像是感情形容詞，實際上卻應該採用屬性形容詞的句型才對。如果它是感情形容詞，説成「私はおいしい（我很好吃）」的話，絶對很順口，一點也不奇怪。可是這個句子卻很奇怪，勉強解釋的話，就像「この料理はおいしい（這道菜很好吃）」的「料理（菜）」一樣，豈不是「私（我）」變成被吃的對象了嗎？

　不過，如果改解釋成對象的「〜が」的話，又説得通了。

　　私_{わたし}はこの料理_{りょうり}がおいしい。　　（我覺得這菜很好吃）

（3）感情形容詞 —— 表示説話者主觀的感情・感覺・評價

私_{わたし}はさびしい。 （我很寂寞）	＊　山田_{やまだ}さんはさびしい。
	山田_{やまだ}さんはさびしがっている。 （山田先生感到寂寞）

「さびしい（很寂寞）」是典型的感情形容詞。如果光只說成「さびしい」的話，一定意味着是指「説話者（第一人稱）」的感覺。因此，絕對不能以第三人當做主語來說這句話。如果要以第三人稱作主語的話，必須像「さびしがっている」那樣地改用「動詞」才行。

這一點是感情形容詞最顯著的特徵。但是，我們在此強調的「不能用第三人稱當主詞」的限制，單是指「さびしい」後面不接任何「助述表現」的情況下才適用的。

過去形	山田さんはさびしかった。 （山田先生以前很寂寞）
「～のだ」	山田さんはさびしいのだ。 （因為山田先生很寂寞）
「―そうだ」	山田さんはさびしそうだ。 （山田先生似乎很寂寞）
連體修飾	さびしい山田さん。 （寂寞的山田先生）

因此上面這種「さびしい」的後面還有接其他字的情況，就說得通了。

（4）需要對象的感情形容詞

這種感情形容詞一切與上述情況相同，唯有「需要對象」的這一點差異最大。其型的公式如下：

私は 【對象】が 【形容詞】

注意！ 如果碰巧遇到都是以人為對象的情況時，看上去和以第三人稱為主語的句型很像。例如：

田中さんがうるさい。　　　　　（田中先生很囉嗦）

田中さんはうるさい。〔把上句主題化〕意思同上

　上面二句都是以田中先生為對象。被省略的主語「私（我）」
才是感到「うるさい（很囉嗦）」的主體。

　　　うるさい【對象】が　⇨　音楽がうるさい
　　　　　　　　　　　　　　　　（音樂很吵）

　　　　　　　　　　　　　　田中さんがうるさい
　　　　　　　　　　　　　　（田中先生很囉嗦）

私は音楽がうるさい。	我覺得音樂很吵。
*山田さんは音楽がうるさい。	
山田さんは音楽をうるさがっている	山田先生覺得音樂很吵
私は田中さんがうるさい。	我覺得田中先生很囉嗦
山田さんは田中さんをうるさがっている。	山田先生覺得田中先生很囉嗦。

　　　退屈だ　【對象】が　⇨　授業が退屈だ。
　　　　　　　　　　　　　　　　（上課很無聊）

　　　　　　　　　　　　　　田中さんが退屈だ。
　　　　　　　　　　　　　　（田中先生很無聊）

　　　私は授業が退屈だ。　　　＊山田さんは授業が退屈だ。
　（我覺得上課很無聊）　　　　　　　　　　山田さんは授業が退屈がっている。
　　　　　　　　　　　　　　　　　　（山田先生覺得上課很無聊）

　　　私は田中さんが退屈だ。　　　山田さんは田中さんを退屈がって
　（我覺得田中先生很無聊）　　　　いる。
　　　　　　　　　　　　　　　　　　　（山田先生覺得田中先生很無聊）

（5）具有屬性形容詞作用的「面白い（很有趣）」

　　更麻煩的是，在感情形容詞之中，有些同時也會構成屬性形容
詞的句型。下面的「落語（相聲）」和「田中さん」同時都具有
「面白い」的屬性，因此「屬性」和「感情」兩種句型都能使用。

★屬性形容詞的句型
　　この落語は面白い。　　　　（這單口相聲很有趣）

　　田中さんは面白い。　　　　（田中先生很有趣）

★感情形容詞的句型

　　　面白い　【對象】が　⇨　落語が面白い
　　　　　　　　　　　　　　　（單口相聲很有趣）

　　　　　　　　　　　　　　　田中さんが面白い
　　　　　　　　　　　　　　　（田中先生很有趣）

<ruby>私<rt>わたし</rt></ruby>はこの<ruby>落語<rt>らくご</rt></ruby>が<ruby>面白<rt>おもしろ</rt></ruby>い。 （我覺得這單口相聲很有趣）	＊山田さんはこの落語が面白い。 <ruby>山田<rt>やまだ</rt></ruby>さんはこの<ruby>落語<rt>らくご</rt></ruby>を<ruby>面白<rt>おもしろ</rt></ruby>がっ ている（山田先生覺得這單口相 聲很有趣）
<ruby>私<rt>わたし</rt></ruby>は<ruby>田中<rt>たなか</rt></ruby>さんが<ruby>面白<rt>おもしろ</rt></ruby>い。 （我覺得田中先生很有趣）	<ruby>山田<rt>やまだ</rt></ruby>さんは<ruby>田中<rt>たなか</rt></ruby>さんを<ruby>面白<rt>おもしろ</rt></ruby>がっ ている（山田先生覺得田中先生 很有趣）

（6）「好きな（喜歡的）、嫌いな（討厭的）」

「好きな（喜歡的）、嫌いな（討厭的）」原本應該是用來表現感情的最基本用詞才對。然而這兩個「な形容詞」却表現出與一般感情形容詞的行為完全不同的個性，語言實在是一種難以捉摸却又有趣的東西。

之所以説它奇怪，是指「可以直接用第三人稱當主語來説」，而不必採用「～がる」的形式。

<ruby>私<rt>わたし</rt></ruby>はバナナがすきです。	我喜歡香蕉。
<ruby>山田<rt>やまだ</rt></ruby>さんはうなぎが好きです。	山田先生喜歡鰻魚。
＊すぎがる	

<ruby>私<rt>わたし</rt></ruby>はニンジンが<ruby>嫌<rt>きら</rt></ruby>いです。	我討厭胡蘿蔔。
<ruby>山田<rt>やまだ</rt></ruby>さんはお<ruby>酒<rt>さけ</rt></ruby>がきらいです。	山田先生討厭酒。
＊きらいがる	

◎「**大きな（大的）**」只有修飾名詞的作用，不能當述語。
　（換言之，不能説「大きだ」），所以它並非「形容動詞」。應
　該算是「連體詞」才對。

◎「**同じ（相同的）**」是一種可以直接修飾名詞的特殊品詞。
　同じ人（相同的人）　　同じ言葉（相同的用詞）

　所以到底它應該算是「な形容詞」？「連体詞」？「副詞」？
連辭典也搞不清楚，每本標示的都不太同，因此很特殊。

１２ 數詞、助數詞、序數詞

きょうしつ つくえ いつ 教室に机が五つあります。	教室有五張桌子。
さんばい の コーヒーを３杯飲みました。	喝了３杯咖啡。
とも さんにん でんわ 友だち３人に電話しました。	打電話給３個朋友。
さんにん とも て がみ き ３人の友だちから手紙が来た。	收到３個朋友的來信。

（１）數詞

日語的數詞有「和語系列」與「漢語系列」兩種。

和語系列	1	2	3	4	5	6	7	8	9	10	漢語系列	1	2	3	4	5	6	7	8	9	10
	ひとつ	ふたつ	みっつ	よっつ	いつつ	むっつ	ななつ	やっつ	ここのつ	とお		いち	に	さん	し	ご	ろく	しち	はち	く	じゅう

從１１以上一律都改採用漢語系的説法。

　但，也有少數特殊情況，採「漢語・和語」系列混雜的組合，例如：じゅうよん（１４），じゅうなな（１７），よんじゅう（４０）等。我想主要的原因，大概是「しじゅう（４０）」和「しちじゅう（７０）」的念法不容易發音的權通之計吧！

（２）含有數詞在內的句型

　日本語教育的課程中，開始教「數詞」的時機，一般都安排在「存在句」教完之後，緊接著教。

【場所】に 【物】が 【數詞】あります。
【場所】に 【人】が 【數詞】います。

教室（きょうしつ）に 机（つくえ）が 五つ（いつ） あります。（教室有５張桌子）
図書室（としょしつ）に 学生（がくせい）が ５人（ごにん） います。（圖書館有五位學生）

雖然「動詞句」還沒教，但在此可以事先也一併考慮進去。

N（名詞）を 數詞 Ｖｔ （動詞）

コーヒー を ３杯（さんばい） 飲（の）みました。 （喝了３杯咖啡）

日語的數詞位置之所以會如此，主要是如下所示，因為相關的格助詞，造成對句型之形式的影響限制所致。

數詞和用來表示與數詞有關的「物／人」的用語（名詞）之間的關係，計有以下四種形式，其中以Ａ形式為最基本。

A	机が	五つ	あります。	（有五張桌子）
B	五つ	机が	あります。	（有五張桌子）
C	机	五つが	あります。	（有桌子五張）
D	五つの	机が	あります。	（有五張的桌子）
A	コーヒーを	３杯	飲みました。	（喝了三杯咖啡）
B	３杯	コーヒーを	飲みました。	（喝了三杯咖啡）
C	コーヒー	３杯を	飲みました。	（喝了咖啡三杯）
D	３杯のコーヒーを		飲みました。	（喝了三杯的咖啡）

Ａ形式雖然是最基本的格式。但是，若照下面排列在一起。

```
    つくえ              いつ
    机が        五つ    あります。        （有五張桌子）
                        さんばい の
    コーヒーを    ３杯   飲みました。      （喝了三杯咖啡）
    ともだち       さんにん でんわ
*   友達に      ３人    電話します。
    ともだち       さんにん  て  がみ  き
*   友達から    ３人    手紙が来た。
    ともだち       さんにん
*   友達と      ３人    ダンスをした。
```

我們可以發現其中，「友だちに３人電話します」以下的句子全部都是錯誤的，到底要如何區分什麼情況可以把數詞直接連接在動詞之前？什麼情況不行呢？我們發現上面錯誤的句子是當「格助詞」為「に・から・と」的情況。可見能用Ａ形式的只有當格助詞是「が・を」的時候。對於不能用Ａ形式的情況，用下列的其他的形式來取代。

```
ともだち    さんにん      でんわ
友達      ３人に     電話します。（Ｃ形式）打電話給３個朋友
ともだち    さんにん      て  がみ  き
友達      ３人から    手紙が来た。            收到３個朋友的信
ともだち    さんにん
友達      ３人と     ダンスをした。          和３個朋友跳舞
さんにん    ともだち      でんわ
３人の     友達に     電話します。（Ｄ形式）打電話給３個朋友
さんにん    ともだち      て  がみ  き
３人の     友達から    手紙が来た。            收到３個朋友的信
さんにん    ともだち
３人の     友達と     ダンスをした。          和３個朋友跳舞
```

和數字有關的表現經常發生的錯誤如下面二例句。

```
*   机が        五つが   あります。       有五張桌子

*   コーヒーを    ３杯を    飲みました。     咖啡喝了三杯
```

它們的共同錯誤是把格助詞「を」接在２個地方。

（３）助數詞

日語把「５人」的「人」，「３台」的「台」等名詞稱為「助數詞」。（「五つ」是屬於沒有接「助數詞」，而只有「數詞」的表現。另外，也有文法書把數詞和助數詞合併在一起稱為「數詞」）。因為「～人」或「～台」在日語中一定要接在表示數字（一、二、三、………千、等）的用詞之後，用來幫助這些數目字的，所以被叫做「助數詞」。

中文和泰語中像這類的 "助數詞" 很多。但是對中文和泰語而言，除了計算數字之外，「助數詞」前面即使沒有「數詞」也可用於句中。由於這時候它是專門用在名詞的種類分辨上，所以叫作「類別詞（Classifier）」。像是：

中文　這匹馬　（この<ruby>馬<rt>うま</rt></ruby>）

泰語　nâgsww　（この<ruby>本<rt>ほん</rt></ruby>）

在教助數詞時應該注意，並不需要把所有全部的助數詞都教完，只須舉出最基本的助數詞即可，例如：

<ruby>番<rt>ばん</rt></ruby>・<ruby>回<rt>かい</rt></ruby>・<ruby>箇<rt>こ</rt></ruby>・<ruby>本<rt>ほん</rt></ruby>・<ruby>台<rt>だい</rt></ruby>・<ruby>枚<rt>まい</rt></ruby>・<ruby>匹<rt>ひき</rt></ruby>・<ruby>杯<rt>はい</rt></ruby>・<ruby>才<rt>さい</rt></ruby>・<ruby>冊<rt>さつ</rt></ruby>………

要特別注意下列幾個數目

<ruby>一<rt>いち</rt></ruby>・<ruby>六<rt>ろく</rt></ruby>・<ruby>八<rt>はち</rt></ruby>・<ruby>十<rt>じゅう</rt></ruby>　和　<ruby>三<rt>さん</rt></ruby>・<ruby>何<rt>なん</rt></ruby>

「1・6・8・10」發音的麻煩，在於本身的數詞發音有兩種情況，例如「一円・一台・一度・一ドル・一番・一枚・一両・一羽」中的「一」念「いち」。但到了「一課・一階・一曲・一斤・一級・一軒・一個・一才・一冊・一寸・一銭・一センチ・一足・一丁目・一点・一杯・一匹・一本」的時候，却又要念成「いっ」。更可怕的，「六」的發音規則又和「一」不一樣。

いっそく		ろくそく		はっそく		じっそく	
一足		六足		八足		十足	
いちだい		ろくだい		はちだい		じゅうだい	
一台		六台		八台		十台	

凡是這些數字在接「助數詞」時，如「何人，何杯，何回」時，
發音會發生變化。有時候是「助數詞」變，如「本」的（ほん⇨
ぽん⇨ぽん）「杯」的（はい⇨ぱい），有時候是「數詞」本身
變。例如：（いち⇨いっ・し⇨よん・ろく⇨ろっ・しち⇨なな
・はち⇨はっ・く⇨きゅう・じゅう⇨じっ）。相當麻煩。

いっ	ぽん	一本
に	ほん	二本
さん	ぼん	三本
よん	ほん	四本
ご	ほん	五本
ろっ	ぽん	六本
なな	ほん	七本
はっ	ぽん	八本
きゅうほん		九本
じっ	ぽん	十本
なん	ぼん	何本

いっ	さつ	一冊
に	さつ	二冊
さん	さつ	三冊
よん	さつ	四冊
ご	さつ	五冊
ろく	さつ	六冊
なな	さつ	七冊
はっ	さつ	八冊
きゅうさつ		九冊
じっ	さつ	十冊
なん	さつ	何冊

許多缺乏經驗的老師，認為助數詞是日語的特徵之一。企圖要
用一張「一覽表」把所有的助數詞顯示出來。實在是沒有必要。

這種發音的變化，對日本人來說算不了什麼。但是用漢字來表
示的時候很難察覺得到，對外國學習者來說，是件極困難的事。

（4）序數詞

儘管發音都念成「じょすうし」，但「助數詞」和「序數詞」
完全不同。在英語中，不學助數詞只學序數詞。所謂的序數詞就
是「first, second, third, ...」等。也就是表示順序的數詞。

　　舉英語中的數詞（相對於序數詞，有時也稱之為基數詞）和序數詞來說。

基數詞
one two three four five six seven eight nine ten
序數詞
first second third fourth fifth sixth seventh eighth
ninth tenth

　　英語的「基數詞」和「序數詞」形狀上的差異極大。但在日語中則顯得有規則多了。因此學習上並無太大的問題。

	いち	に	さん	
基數詞	一	二	三	………
	だいいち	だい に	だいさん	
序數詞	第一	第二	第三	………
	いちばん め	に ばん め	さんばん め	
	一番目	二番目	三番目	………

　　再者，在日語中有時候，基數詞和序數詞使用的情形非常混亂。彼此往往沒有嚴格的區分界限。例如，説「ふつか（二日）」的時候，是指特定一個月中的第二天（second day）呢，還是指24小時的二倍（two days）呢？並不清楚。若要非常明確地區別的話，恐怕只有説成「ふつか<u>め</u>（第二天）」（the second day），或者是「ふつか<u>かん</u>（兩天）」（two days），才辦得到了。上面的「め＝目」「かん＝間」。

１３ 「ごろ」與「ぐらい」
－時刻和時間（和數量）

　本章的目的是要學習與數詞有關的「時刻」和「時間」之說法。並更進一步地，學習有關「大致的時刻、大約的時間（量）」的說法時，如何使用「ごろ」和「ぐらい」的要領。

十時ごろに起きました。	10點左右起來的。
十日ごろに来ました。	10號左右來的。
十月ごろに始めました。	10月左右開始的。

十時間ぐらい寝ました。	睡了10個小時左右。
十日間ぐらい北海道にいました。	在北海道待了10天左右
十か月ぐらいかかりました。	花了10個月左右的時間

そこに人が100人ぐらいいます。	那裡大約有100人。
十日（間）ぐらい待ってください。	請停留10天左右。
このくつは2000円ぐらいです。	這鞋子大約2000日元。
鉛筆を10本ぐらい買いました。	買了10隻左右的鉛筆。

（1）時刻和時間

　要說特定的時間，和要說一定長短的時間，兩種說法有以下所示的區別。

時刻	<ruby>１<rt>いちじ</rt></ruby>時	<ruby>２<rt>にじ</rt></ruby>時	<ruby>３<rt>さんじ</rt></ruby>時	‥‥‥
時間	<ruby>１<rt>いちじかん</rt></ruby>時間	<ruby>２<rt>にじかん</rt></ruby>時間	<ruby>３<rt>さんじかん</rt></ruby>時間	‥‥‥

【時刻】<ruby>私<rt>わたし</rt></ruby>は　<ruby>１時<rt>いちじ</rt></ruby>に　ここへ<ruby>来<rt>き</rt></ruby>ました（我１點就來這裡了）

【時間】<ruby>１時間<rt>いちじかん</rt></ruby>　<ruby>待<rt>ま</rt></ruby>ちました。　　　　　（等了１個小時）

　　因為在日常生活中都概括地說成「時間」，所以不容易分辨，但是看過這一章之後，請大家不要再弄混了，明確區分才不致誤會。

　　時刻和時間的區別，到了分和秒的單位時，就可以不必有太嚴格的區別了。除非眞的有必要嚴格區分，這時候在表示時間的場合，加上「間」這個字即可。

時刻	<ruby>10分<rt>じっぷん</rt></ruby>	<ruby>40<rt>よんじゅう</rt></ruby>　<ruby>秒<rt>びょう</rt></ruby>
時間	<ruby>10分<rt>じっぷんかん</rt></ruby>（間）	<ruby>40<rt>よんじゅう</rt></ruby>　<ruby>秒<rt>びょうかん</rt></ruby>（間）

（２）日期的説法

　　我們現在把這種「時間」和「時刻」的觀念擴大到「日期（月，日）」方面看看，結果也是同樣有一大堆問題。由於寫成漢字無法清楚地區別，所以下面特地用平假名來表示。

①　日的情況

時刻	ついたち （一日）	ふつか （二日）	みっか （三日）	よっか （四日）	‥‥‥とおか （十日）
時間	いちにち （一天）	ふつか （二天）	みっか （三天）	よっか （四天）	‥‥‥とおか （十天）

時刻和時間的寫法都一樣是「一日、二日、……」。而讀法方面，除了「ついたち、いちにち」不同以外其他完全都相同。兩者非常容易混淆不清。

當你要特別強調是要表示時間的時候，就像「ふつかかん（二日間）」一樣，在後面加上「かん（間）」即可。

幾乎没有日本人會説成「ににち、さんにち、よんにち、……」。至於「五日～九日」的念法如下：

五日（いつか）六日（むいか）七日（なのか）八日（ようか）
九日（ここのか）十日（とうか）十一日（じゅういちにち）
十二日（じゅうににち）……接下去就規則起來，但二十日又是一個例外，二十日（はつか）。

② 月的情況

時刻	いちがつ	にがつ	さんがつ	しがつ……
	（一月）	（二月）	（三月）	（四月）
時間	いっかげつ	にかげつ	さんかげつ	よんかげつ……
	（一個月）	（二個月）	（三個月）	（四個月）

下面幾種念法非常容易念錯，要特別留意。

（×）4月（よんがつ）7月（なながつ）9月（きゅうがつ）
（○）4月（し　がつ）7月（しちがつ）9月（く　　がつ）

會犯這種錯誤，我猜是把時刻和時間的念法混為一談所致。當初設計這種念法，一定是為了怕把9月念成（きゅうがつ），容易與9か月（9個月）（きゅうかげつ）搞亂，所以才改念成（くがつ），如此一來就絕對不會聽錯了。

【問題】

如果學生問説，為什麼不念成「ひとつき、ふたつき」，這時候如果你是老師，應該怎麽跟他解釋比較好呢？請從教學上的觀

點來考慮。

（※日語「一」的念法有「いち・いっ・ひと」，而「月」的念
法有「つき・がつ・げつ」，所以學生念錯，實在是情有可原）
⇨【解答】在本章的最後面

（3）「ごろ」—— 大約的時間

下面開始說明和「時刻與時間的區別」有關連的「ごろ」和
「ぐらい」的用法。

ごろ	ぐらい
<ruby>8<rt>はちじ</rt></ruby>時ごろに<ruby>起<rt>お</rt></ruby>きました。 （8點左右起床）	<ruby>10<rt>じゅうじかん</rt></ruby>時間ぐらい<ruby>寝<rt>ね</rt></ruby>ました。 （睡了10個小時左右）
<ruby>8<rt>はちがつ</rt></ruby>月ごろに<ruby>原稿<rt>げんこう</rt></ruby>を<ruby>集<rt>あつ</rt></ruby>めます。 （8月左右把原稿收齊）	<ruby>8<rt>はっ</rt></ruby>か<ruby>月<rt>げつ</rt></ruby>ぐらいかかるでしょう。 （大概要花8個月左右吧！）

加「ごろ」的話，不加「に」也可以。

　　　8時ごろに　起きました。　　　（8點左右起床）

　　　8時ごろ　　起きました。　　　（8點左右起床）

◎　然而，最近「昭和60年7月ぐらいから（昭和60年7月左右
起）」，用「ぐらい」來取代「ごろ」的人越來越多了。

（4）「ぐらい」—— 大約的數量

「ぐらい」本來的用法，就不只表示大約的時間（請注意：不
是時刻），也被用來表示其他一般的數量方面。

ここに本が100 冊ぐらいあります。	這裡大約有100 本書。
フロッピーをもう100 枚ぐらい買いました。	已經買了大約100 張的磁碟片。

（5）「ころ」和「ごろ」

　和表示大約時間的「ごろ」有關連的，還有容易混淆的「ころ」和「ごろ」的區別問題。因為「ころ」是名詞，所以當它接在其他的名詞後面時，名詞和名詞相連接時一定要用「の」，所以變成「～のころ」。

　　子供のころ（小時候）
　　学生のころ（學生時代）

另外，它也可以像普通名詞那樣地接在「連體詞」之後。

　　　このころ（這時候）
　　　そのころ（那時候）
　　　あのころ（那時候）

　「ごろ」是接尾語，很含糊地表示某個時間。

　　いつごろ（什麼時候）　このごろ（最近）　近頃（近來）

　　見ごろ　（正好看的時候）（正適合觀賞的季節）

　　食べごろ（正適合的季節）（正好吃的時候）

因此，「このころ（這個時候）」和「このごろ（最近）」的意思並不相同。

このころあまり勉強しませんでした。　這個時候很少在讀書
★「この」是指特定的時間

このごろあまり勉強しません。　　　最近不太用功
★「このごろ」的意思是包含現在在內籠統的期間

有「このごろ（最近）」的說法，但是沒有「そのごろ」和「あのごろ」的說法。這也是非常容易弄錯的地方。

【答案】

　「ひとつき、ふたつき」是表示時間的意思，可寫成「一月」「二月」。因為這麼一來會造成和「いちがつ、にがつ」的寫法相同，而不容易分辨，所以在初步的階段應該避免。因為即使不用這種說法，也有「いっかげつ（一ヵ月）、にかげつ（二ヵ月）」的表現方法，所以不會有問題。再說，之所以建議不要採用的原因是，對於「ひとつき、ふたつき」的系列來說，接下去的「いつつき、むつき、ななつき」等的說法越扯越多，而日本人根本不太使用這種說法了。主要顧慮的還是不整齊的緣故。

１４　動詞的基本觀念

（１）動詞的基本功能

動詞的基本功能是「當句子的要素」。扮演這個角色的時候，通常放在句尾。如此一來，動詞就成為賦與該句子最決定性的「體裁」的一個重要關鍵。我們把動詞的這種功能，稱為「當句子的述語」。只要動詞一固定下來，這個句子的一切意義和特色，幾乎便決定了。

（２）動詞的變化

動詞依據其功能的不同，會採用各種不同的形狀。

要表現「敍述・意志・命令」的時候，分別採用「敍述形」、「意志形」、「命令形」，並放在句尾。

要修飾名詞的時候，放在名詞前面，並採用「連體形」。

要表現「條件」和「同時動作」的時候，分別採用「ば形」和「ながら形」等等各式各樣的形式。

從動詞變化的規則來區分，可分為：

(1) 五段動詞	〔強變化動詞（Strong Verb）、子音幹動詞（Consonant Verb）〕
(2) 一段動詞	〔弱變化動詞（Weak Verb）、母音幹動詞（Vowel Verb）〕
(3) 不規則動詞	

有時候，也有人採用右邊〔　　〕內的名稱

不規則動詞只有「来る（來）」和「する（做）」二個字。

「勉強する（用功・讀書）」等這類「動作名詞＋する」的動詞也採用和「する」一樣的變化規則。

動詞各變化形的作法，通常分成這三種來說明。

五段動詞	詞尾是う段音 （含「る」）	読む（讀）書く（寫） 行く（去）坐る（坐）
一段動詞	詞尾是 い段音或え段音＋る	食べる（吃）見る（看） 教える（教）
不規則動詞	詞尾是「る」	来る（來）する（做） 運動する　勉強する （運動）　（讀書）

◎　詞尾是「い段音、え段音＋る」的五段動詞

　　五段動詞的詞尾是う段音，所以五段動詞的詞尾也包含「る」在內，這時候，和一段動詞放在一起比較，最後一字都是「る」，很難區別，但因一段動詞的詞尾是「い段音或え段音＋る」，換言之，可利用這特徵來區別五段和一段，例如：「上がる」雖然詞尾是「る」，但倒數第二字是「が」，既不屬於「い段音」也不屬於「え段音」，所以判斷是「五段」而非「一段」。但有些少數的「五段動詞」，其詞尾是「い段音、え段音＋る」，看起來應該是「一段動詞」才對，結果查辞典却屬於「五段動詞」。這種例外僅有極少數，應該先向學生說明，否則會造成誤解，由於日語的動詞語尾變化極其規律，勿因這點而喪失對「日語文法很容易學」這個觀念的信心，故有必要提早說明。

　　詞尾是「い段音、え段音＋る」的五段動詞，如以下所示。

知る	（知道）	走る	（跑）	入る	（進去）
帰る	（回去）	切る	（切）	要る	（需要）
すべる	（滑動）	減る	（減少）	照る	（照射）
練る	（鍛練）	散る	（分散）	蹴る	（踢）
あせる	（焦急）	かじる	（咬）	混じる	（混雜）

しゃべる（説）　　　　せびる（央求）

其實它們也是迫不得已才例外的，因為「同音異義字」太多，如「いる」就有「居る・要る・煎る・炒る・射る・鋳る・入る」，當然要想辦法錯開，「帰る」也是同樣道理，「かえる」有「変える・帰る・返る・買える・代える・換える・替える・飼える・孵る・蛙」這麼多字形，難怪日文中的「漢字」永遠消除不了。另外，「知る」是為了要和「する」的變化形錯開而例外的，因為「する⇨しない・します・して・した……」，萬一「知る」也讓它留在「一段」，豈不是也變化成「知る」⇨しない・します・して・した ……」，永遠陰魂不散了嗎？改成「五段」後，變化形「知る⇨しらない・しります・しって・しった………」，從此就分道揚鑣，各奔前程。試想日文動詞上萬，例外才這一點點，已經相當難得。

五段動詞「読む（讀）」、一段動詞「見る（看）」、不規則動詞「来る（來）」「する（做）」、被動形「読まれる（被讀）」、希望形「読みたい（想讀）」的各種變化形實例，在下面第74～79頁，製成表格，請參照。

（3）動詞的種類

動詞根據各種不同的文法角度來分類，可以有各式各樣的分法。但以下面這三種分類法最為重要。如果你進一步研究文法，還可能有其他各種分類法。

①自動詞和他動詞

自動詞	不必「を」來表示對象的動詞，也就是沒有受詞的動詞。	いる （在）　ある （有）　起きる （起床）　寝る （睡覺） 歩く （走）　見える （看得見）　開く （開）　付く （沾上）
他動詞	必須有「を」來表示動作對象的動詞，所謂對象就是一般常說的受詞。	読む （讀）　食べる （吃）　なぐる （揍）　持つ （帶） 見る （看）　開ける （開）　付ける （加上）

　因為「道を歩く（走路）」的「を」並非表示對象的「を」，而是表示經過場所的「を」，所以「歩く（走）」還是自動詞。

② **繼續動詞和瞬間動詞**

　詳細內容請看「25　『～ている』的用法」。

繼續動詞	如「本を読んでいる（正在讀書）」般以「～ている」的形式來表示進行狀態的動詞。	読_よむ　書_かく　話_{はな}す　走_{はし}る （讀）（寫）（說）（跑） 笑_{わら}う　歌_{うた}う　〔雨_{あめ}が〕降_ふる （笑）（唱）　（下雨）
瞬間動詞	如「窓が開いている（窗戶開着）」般以「～ている」的形式來表示結果狀態的動詞。	開_あく　並_{なら}ぶ　壊_{こわ}れる　持_もつ （開）（並列）（壞）　（帶） 折_おれる　割_われる　知_しる （折斷）（破裂）（知道）

③ **意志動詞和無意志動詞**

意志動詞	可用人的意志控制的動詞	勉強_{べんきょう}する　読_よむ　歩_{ある}く （用功）　（讀）（走） 計画_{けいかく}する　下_おりる （計劃）　（走下來）
無意志動詞	無法用人的意志控制的動詞	びっくりする　忘_{わす}れる （嚇一跳）　（忘記） 〔試験_{しけん}に〕受_うかる　落_おちる （考取）　（掉下來）

　表示人類以外的其他物體動作的動詞，當然是"無意志"動詞，但不必特別稱之為無意志動詞。因為「意志・無意志」純粹是針對「人」來分的。對於根本沒有意志的其他動物及無生物的動作，不予考慮。

以五段動詞「読む（讀）」為例。

		普通形（常體）		鄭重形（敬體）	
		肯定形	否定形	肯定形	否定形
敍述形	現在式	読む	読まない	読みます	読みません
	過去式	読んだ	読まなかった	読みました	読みませんでした
連體形	現在式	読む	読まない	読みます	読みません
	過去式	読んだ	読まなかった	読みました	読みませんでした
意志形		読もう	———	読みましょう	———
命令形		読め	読むな	———	———
中止形		読み	読まず	———	———
て形		読んで	読まないで 読まなくて	読みまして	読みませんで
ながら形		読みながら	———	———	———
ば形		読めば	読まなければ	———	———

◎ 表的説明

(1) 敍述形是八種形態中最基本的形式。由於日語的「現在式」「過去式」未必就一定是表現「現在」和「過去」，所以也有説成「る形」和「た形」的。

(2) 此表中「ます形」改稱為「鄭重形」，其實就是「敬體形」，原文叫「丁寧形」。

以一段動詞「見る（看）」為例。

		普通形		鄭重形	
		肯定形	否定形	肯定形	否定形
敘述形	現在式	見る	見ない	見ます	見ません
	過去式	見た	見なかった	見ました	見ません でした
連體形	現在式	見る	見ない	見ます	見ません
	過去式	見た	見なかった	見ました	見ません でした
意志形		見よう	———	見ましょう	———
命令形		見ろ／見よ	見るな	———	———
中止形		見	見ず		
て形		見て	見ないで 見なくて	見まして	見ませんで
ながら形		見ながら	———	———	———
ば形		見れば	見なければ	———	———

(3) 連體形基本上是和敘述形相同的，然而，網點部分的敬語形式，一般不太使用。

(4) 敘述形、意志形、命令形可用來把句子中斷。換句話說，如果是「單句」的話，遇到這三種形，就是一個完整的句子了。後面唯一可能出現大概只有「終助詞」吧。一段動詞的命令形有「～ろ・～よ」二種。如「見よ！東海の空あけて（看吧！東海的天亮了）」。

以不規則動詞「来る（來）」為例

		普通形		鄭重形	
		肯定形	否定形	肯定形	否定形
敘述形	現在式	くる	こない	きます	きません
	過去式	きた	こなかった	きました	きませんでした
連體形	現在式	くる	こない	**きます**	**きません**
	過去式	きた	こなかった	**きました**	**きませんでした**
意志形		こよう	———	きましょう	———
命令形		こい	くるな	———	———
中止形		き	こず	———	———
て形		きて	こないで こなくて	きまして	きませんで
ながら形		きながら	———	———	———
ば形		くれば	こなければ	———	———

(5) 中止形、て形、ながら形和ば形，一定是被使用在句子的中間，換句話說，這些形具有連接句子的作用。另外，「ながら」的否定形「読まないながら」其實並不是不存在，但因一般都不太採用。因此，讓它空著「 ——— 」。

(6) て形的否定形有二種，分別是「読まないで」和「読まなくて」，兩者之間的用法有微妙的差異。

以不規則動詞「する（做）」為例

		普通形		鄭重形	
		肯定形	否定形	肯定形	否定形
敍述形	現在式	する	しない	します	しません
	過去式	した	しなかった	しました	しません でした
連體形	現在式	する	しない	します	しません
	過去式	した	しなかった	しました	しません でした
意志形		しよう	———	しましょう	———
命令形		しろ／せよ	するな	———	———
中止形		し	せず	———	———
て形		して	しないで しなくて	しまして	しませんで
ながら形		しながら	———	———	———
ば形		すれば	しなければ	———	———

(7)　たり形和たら形，本來應該放在表的最下面的兩欄中。但為了避免繁雜所以省略。

以被動式「読まれる（被讀）」為例

		普通形		鄭重形	
		肯定形	否定形	肯定形	否定形
敍述形	現在式	読まれる	読まれない	読まれます	読まれません
	過去式	読まれた	読まれなかった	読まれました	読まれませんでした
連體形	現在式	読まれる	読まれない	読まれます	読まれません
	過去式	読まれた	読まれなかった	読まれました	読まれませんでした
意志形		読まれよう	———	読まれましょう	———
命令形		読まれろ	読まれるな	———	
中止形		読まれ	読まれず	———	———
て形		読まれて	読まれないで 読まれなくて	読まれまして	読まれませんで
たら形		読まれたら	読まれなかったら	読まれましたら	読まれませんでしたら
ば形		読まれれば	読まれけれ なければ	———	———

(8)　被動形「読まれる」和使役形「読ませる」都是由五段動詞的基本形延生而來的。被動形和使役形，你可以將之視為一種「一段動詞」，根據上表來變化。

以希望形「読みたい（想讀）」為例

		普通形		鄭重形	
		肯定形	否定形	肯定形	否定形
敍述形	現在式	読みたい	読みたくない	読みたいです	読みたくありません
	過去式	読みたかった	読みたくなかった	読みたかったです	読みたくありまんでした
連體形	現在式	読みたい	読みたくない	———	———
	過去式	読みたかった	読みたくなかった	———	———
中止形		読みたく	読みたからず	———	———
て形		読んたくて	読みたくなくて	———	———
たら形		読みたかったら	読みたくなかったら	———	———
ば形		読みたければ	読みたくなければ	———	———

(9)　希望形「読みたい」也是由基本形所延生出來的，仿照形容詞的變化。

１５ 以動詞作為述語的構造句型

在這章，我們要針對以動詞作為述語的主要構造句型，做個總
整理。

（１）自動詞的句型

① **Ｎが　Ｖｉ**

> 日<ruby>ひ</ruby>が　暮<ruby>く</ruby>れる（天黑了）
> 雨<ruby>あめ</ruby>が　降<ruby>ふ</ruby>る　　（下雨了）

② **Ｎ１に　Ｎ２が　Ｖｉ**

> 机<ruby>つくえ</ruby>の上<ruby>うえ</ruby>に　本<ruby>ほん</ruby>が　ある（桌子的上面有書）
> 木<ruby>き</ruby>の下<ruby>した</ruby>に　犬<ruby>いぬ</ruby>が　いる（樹的下面有狗）

Ｎ１ 是表示場所的名詞。「に」是表示存在的場所的助詞。
Ｎ２ 是表示無生命「物體」的名詞時，Ｖｉ 用「ある」。
Ｎ２ 是表示有生命「人・動物」的名詞時，Ｖｉ 改用「いる」。

③ **Ｎ１で　Ｎ２が　Ｖｉ**

> ホールで　集会<ruby>しゅうかい</ruby>が　ある（在大廳舉行集會）

Ｎ１ 是表示場所的名詞。「で」是表示動作進行的場所的助詞。
Ｎ２ 是表示動作、活動的名詞「パーティー（party），会議」等
Ｖｉ 也用「ある」。但在這句型中，「ある」變成「舉行・進
行」的意思，當然用「有」也說得通，如「在大廳有集會」。

④ Nに Vi

ここに 立つ （站在這裡）	会社に 勤める（在公司上班）	
椅子に 坐る （坐在椅子上）	港に 着く （到港口）	
木に 止まる（停在樹上）	車に 乗る （乘車）	
東京に 住む （住在東京）		

以上的「に」皆表示「移動」之後的「到達點・終點・目的地」

⑤ Nへ Vi

ヨーロッパへ 行く （去歐洲）	地球へ 近付く （接近地球）	
東京へ 来る（來東京）	部屋へ 入る （進房間）	
玄関の前へ 集まる（到玄關前集合）	家へ 帰る （回家）	

④的Ｎ不限定非「場所」名詞不可，但⑤的Ｎ則只限「場所」名詞。一般説「へ」表示方向，因此帶有「還没有眞正到達」的意思，例如「東京へ行く」是站在出發點的心態説的，而「東京に行く」則是站在目的地的心態説的，但現代日語似乎不太區分，所有「へ」幾乎都可用「に」來代替。

（2）他動詞的句型〔之1〕－主要以「物」為對象。

① Nを Vt

窓を 開ける（開窗戸）	木の枝を 折る （折樹枝）	
糸を 切る （剪線）	玩具を 壊す （弄壞玩具）	
虫を 殺す （殺蟲）	コップを 割る （打破杯子）	
水を 飲む （喝水）	ご飯を 食べる （吃飯）	

本を 読む （讀書）	音楽を 聞く （聽音樂）	
紙を 燃やす（燒紙）	テレビを 見る （看電視）	

Vt 是他動詞。這是最普遍的「他動詞句」。

② N を Vt

	手紙を	書く	（寫信）
	ご飯を	炊く	（做飯）
山に	穴を	掘る	（在山上挖洞）
空き地に	小屋を	建てる	（在空地建小屋）
葡萄から	葡萄酒を	作る	（從葡萄釀製葡萄酒）
海水から	塩を	とる	（從海水提煉鹽）
小麦粉で	パンを	作る	（用麪粉做麪包）

和①的「自動詞句型」不同的是，N是被製造出來的「對象」。
Vt 一般被限制在所謂「生產動詞」的範圍內。該動作是由另一
個N（主詞⇨通常都是「有生命的動物」）所做，但在此句型中
並未出現（被省略）。所製造出來的東西將會存在的場所用
「に」來表示。

原料（指一旦變成製品，原材料化學性質會發生變化者），用
「Nから」表示。材料（直接由原材料製造出產品，只有形狀改
變或物理性質發生變化者）用「Nで」表示。

③ N1 に N2 を Vt

部屋に	ステレオを	置く	（把音響放在房間中）
封筒に	切手を	貼る	（把郵票貼在信封上）

山に	木を	植える	（把樹種在山上）
引出しに	財布を	しまう	（把錢包收到抽屜裡）
コップに	ビールを	注ぐ	（把啤酒倒進杯子裡）
車に	荷物を	積む	（把行李裝到車上）
壁に	ペンキを	塗る	（把油漆塗在牆壁上）
トラックに	荷物を	載せる	（把行李裝到卡車上）
本に	しおりを	挟む	（把書籤夾在書中）

　這種句型的特徵在於，該動詞牽涉到「直接對象」和「間接對象」二種對象。此時，直接對象用「～を」表示，間接對象用「～に」表示。

　即使將「N1 に」和「N2 を」彼此互相調換位置也沒關係。這也正是日語的最大特色之一。不過要記得搬動位置時，必須連同「を」「に」等格助詞一起搬，否則會鬧大笑話。例如：

× 　部屋を　　ステレオに　置く　　（把房間放在音響中）
　　N2 を　N1 に　Vt　　　＝　　N1 に　N2 を　Vt

④　N1 から　N2 を　Vt

机の上から	本を	取る	（從桌上拿書）
首から	首飾りを	外す	（從頸子卸下項鏈）

　「Nから」是表示離開的地方（起點）。

（3）他動詞的句型〔之2〕－主要以「人」為對象。

①　【人】を　Vt

子供を	褒める	（稱讚小孩）

学生を		叱る	（罵學生）

② 【人】の　Ｎを　Ｖt

子供の	絵を	褒める	（稱讚小孩的畫）
学生の	行いを	叱る	（罵學生的行為）

　①和②同樣都是用動詞「ほめる〔稱讚〕、しかる〔罵〕」。這種動詞可適用於兩種句型。

③ 【人】に　【動作】を　Ｖt

ガイドに	案内を	頼む	（請導遊帶路）
先生に	解説を	お願いする	（拜託老師解説）
社長に	面会を	要求する	（要求社長接見）

　這種句型都表示主體（主詞）向「別人」要求某動作的意思，所以這其中「【Ｎ】を」的Ｎ都是「動作名詞」，該動作就是主詞要求【人】要做的事。

④ 【人】を　【場所】へ　Ｖt

友達を	公園へ	案内する	（帶朋友到公園）
学生を	教官室へ	呼ぶ	（叫學生到教官室）

　「へ」也可以用「に」代換。

⑤ 【人】に　Ｎを　Ｖt

⑥ 【人】から　Ｎを　Ｖt

あなた	に		これを	あげる	（給你這個）
あなた	に		これを	貸^かす	（借你這個）
あなた	に		これを	売^うる	（賣你這個）
あなた	に		これを	配^{くば}る	（分給你這個）
あなた	に／から		これを	もらう	（我收到你這個）
あなた	に／から		これを	借^かりる	（我向你借這個）
あなた		から	これを	買^かう	（我向你買這個）
あなた		から	これを	受^うけ取^とる	（我接到你這個）

　凡是「【人】に／から」就可知該對象是間接對象。這類動詞都是和「人與人之間，給予或接受物品」有關的動詞，因此又叫「授受動詞」。通常給的對象（即收到東西的人）用「に」表示，給的一方（即送出或交出東西的人）用「から」表示，這時候光看「に／から」便可知道東西的流向，但有些動詞「に・から」皆可用，這時就要特別小心，別把意思弄反了。

⑦　【人】に　【人】を　Ｖt

> 知人^{ち じん}に　娘^{むすめ}を　紹介^{しょうかい}する　　　　（把女兒介紹給熟人）

　這種句型，直接對象和間接對象，兩者都是「人」。

（4）引用

　下面開始介紹與「引用」有關的句型。我們就以動詞「思う（想）」和「言う（說）」為例。但四種句型當中，實際上能真正算是「引用」的只有 (b) 和 (c)。

①「思う（想）」　　　（a）　Ｎを　　思う
　　　　　　　　　　　（b）　【句】と　思う
　　　　　　　　　　　（c）　Ｎを　Ｎだと　　思う
　　　　　　　　　　　　　　　Ａと　　思う
　　　　　　　　　　　　　　　ＡＮだと　　思う
　　　　　　　　　　　（d）　Ｎを　　Ｎと　　思う
　　　　　　　　　　　　　　　Ａく　　思う
　　　　　　　　　　　　　　　ＡＮに　　思う
　　　　　　　　　「ＡＮ」代表「な形容詞」

（a）秋を　　思う	（懐念秋天）	
わが子を　思う	（想念我們的小孩）	
（b）[明日は雨が降る]　と　　思う	（我想明天會下雨）	
（c）それを[嘘だ]　と　思う	（把那當成是謊話）	
それを[嬉しい]　と　思う	（認為那件事情很高興）	
それを[親切だ]　と　思う	（認為那件事情很温馨）	
（d）それを　嘘と　思う	（覺得那件事情不眞實）	
これを　嬉しく　思う	（覺得這件事情很高興）	
これを　親切に　思う	（覺得這件事情很温馨）	

　（a）「Ｎを思う」中的Ｎ有「物・事」和「人」二種情況。意思模糊，大致有「想像，担心，回憶」等意思。若Ｎ是人的話，還帶有「思念，思慕，愛慕」的意思。

　（b）「明日は雨が降る」是個結構完整的句子，整句當成「思う」的對象（内容）

　（c）思考的對象以「Ｎを」的格式，分離出來，而思考的内容分別是「嘘だ」「嬉しい」「親切だ」，雖然這三種並非句子，但仍保持着述語的形態。

(d) 這時候，已經不能說是思考的内容了。「嘘と」「嬉しく」「親切に」，已經不再是述語的形態，而是成為連用修飾語，當副詞來修飾後面的動詞「思う」

②「言う（説）」　　（a）　N を　　言う
　　　　　　　　　（b）【句】と　言う
　　　　　　　　　（c）　N を　N だと　言う
　　　　　　　　　　　　　　　A と　　言う
　　　　　　　　　　　　　　AN だと　言う
　　　　　　　　　（d）　N を　N と　言う
　　　　　　　　　　　　　　　A く　言う
　　　　　　　　　　　　　　AN に　言う

(a) 相手に 冗談を 言う		（告訴對方一個笑話）
(b) 相手に ［これはいい］と 言う		（向對方説這個很好）
(c) 相手に これを ［動詞だ］と言う		（告訴對方這個是動詞）
相手に これを ［いい］と 言う		（告訴對方這個很好）
相手に これを ［綺麗だ］と言う		（告訴對方這個很漂亮）
(d) これを 動詞と 言う		（稱這個為動詞）
相手に これを よく 言う		（向對方把這個説得很好）
相手に これを 綺麗に 言う		（向對方把這形容得好美）

　雖然我很想把「思う」和「言う」的句型弄得整齊劃一，最好是能用公式化的中文翻譯，但却始終無法如願，出現很多不一致的解釋。整體來説，「言う」的句型，可以利用表示對手的「に」加以擴大。如同上面所舉出的句子。但是如果是表示命令的情況下，則通常「相手に」可以不要。
　請特別注意(c)和(d)，外表看來很相似，但意思則截然不同。這部分的文法，可説是日文中比較困難的部分。

16　自動詞與他動詞

　　自動詞和他動詞的區分，對學習者來説是件非常困難的事情。雖然説有大致的形狀上的對應規則，但是規則太多，到最後除非你把規則一個一個背下來，事實上根本辦不到。

　　由意義上來對應區分，通常是依據以下所示的要領。

他動詞：人是主詞，事物作為對象，表示對這事物所施加的動作
自動詞：事物是主詞，表示該事物自發性的動作。

　　如果用公式表示的話。

　　「～が　Ｖｉ」　Ｖｉ = Intransitive Verb（自動詞）

　　「～を　Ｖｔ」　Ｖｔ = Transitive Verb　（他動詞）

　　一般可以利用同樣的「事物」放入「～」的位置，來進行意義的比對。例如，

　　窓が　開く。　　（窗開）••••意味無人開窗
　　窓を　開ける。　（開窗）••••意味有人開窗

　　然而，並非所有的「自・他動詞」都能如此漂亮地對應。

　　試験に　受かる（考試及格）　　お金を　預かる（保管錢）
　　試験を　受ける（參加考試）　　お金を　預ける（存錢）

　　如果照「必須用『を』來表示對象的動詞，叫做他動詞」這個

定義，「預かる」和「預ける」這兩個動詞都是他動詞了。然而在我們的觀念裏面，總會不知不覺中，把它們也歸類到像「開く」和「開ける」這種有「配對性」的動詞集合範圍內。其實我們也無需把它們（指「預かる・預ける／受かる・受ける」）排除出去。在此，我們可以重新下個定義，本章所要討論的動詞是：

凡是語幹有共通部分，讓人感覺有「成對」的動詞

以下便列舉像這樣的動詞。**左邊是自動詞，右邊是他動詞。**

(1) ARU-U
husagARU-husagU

塞^{ふさ}がる	被堵、不通	塞^{ふさ}ぐ	堵、塞、佔、擋
絡^{から}まる	纏繞，糾纏	絡^{から}む	纏在～上，找渣
くるまる	裹在～內	くるむ	把～包裹在裏面
捕^{つか}まる	被捉住，抓住	摑^{つか}む	抓住，掌握到
跨^{また}がる	騎，橫跨	跨^{また}ぐ	跨過，跨越

(2) ARU-ERU
agARU-agERU

上^あがる	上，登，舉	上^あげる	舉起，提高
掛^かかる	懸掛，覆蓋	掛^かける	掛上，蓋上
下^さがる	下降，降低	下^さげる	放低，懸掛，收拾
締^しまる	緊張，收斂	締^しめる	勒緊，繫緊，節約
閉^しまる	關閉，緊閉	閉^しめる	關閉，合上
始^{はじ}まる	開始，發生	始^{はじ}める	開始，開創，創辦

終わる	完畢，終了	終える	做完，完成，結束
変わる	變化，改變	変える	變更，變動
集まる	聚，集合	集める	集合，招集
止まる	停下，停住	止める	停止，制止，切斷
泊まる	投宿，過夜	泊める	留人住下，停泊
当たる	碰上，準確	当てる	打，碰，撞，推測
植わる	栽活，栽植	植える	種，栽培，植，排字
薄まる	稀薄，薄	薄める	沖淡，稀釋
埋まる	彌補，填滿	埋める	填補，埋入，補足
収まる	容納，平定	収める	接受，穫得，收存
納まる	容納，滿意	納める	繳納，供應，結束
修まる	端正，改好	修める	學習，修養
治まる	解決妥，平息	治める	治理，處理，鎮壓
被さる	被蓋到，落到	被せる	蓋上，蒙上，戴上
重なる	重疊，連續	重ねる	反覆，堆放，加上
固まる	變硬，凝固	固める	加硬，鞏固，堅定
決まる	已定，必定	決める	決定，選定，認定
染まる	被染上	染める	染上（顏色）
備わる	設有，具有	備える	裝設，具備，準備
据わる	鎮定，沈着	据える	安放，擺置，設置

高<ruby>たか</ruby>まる	提高，上昇	高<ruby>たか</ruby>める	使〜提高，增強
溜<ruby>た</ruby>まる	累積，停滯	溜<ruby>た</ruby>める	集，存，積壓
伝<ruby>つた</ruby>わる	傳過來，流傳	伝<ruby>つた</ruby>える	傳達，傳導，傳授
混<ruby>ま</ruby>ざる	混雜，夾雜有，	混<ruby>ま</ruby>ぜる	把〜攙入，攪混
丸<ruby>まる</ruby>まる	成蜷曲狀	丸<ruby>まる</ruby>める	揉成團，弄圓
儲<ruby>もう</ruby>かる	賺，揀便宜	儲<ruby>もう</ruby>ける	賺錢，得利
休<ruby>やす</ruby>まる	得到休息	休<ruby>やす</ruby>める	使〜休息
弱<ruby>よわ</ruby>まる	變弱，衰弱	弱<ruby>よわ</ruby>める	使衰弱，減弱
受<ruby>う</ruby>かる	考上，及格	受<ruby>う</ruby>ける	接，受，投考
加<ruby>くわ</ruby>わる	加上，加入	加<ruby>くわ</ruby>える	添加，增加，施加
助<ruby>たす</ruby>かる	得救，免於災難	助<ruby>たす</ruby>ける	幫助，救助
曲<ruby>ま</ruby>がる	彎曲，彎	曲<ruby>ま</ruby>げる	使〜彎曲，折彎
見<ruby>み</ruby>つかる	被看到，被發現	見<ruby>み</ruby>つける	看到，發現
預<ruby>あず</ruby>かる	收存，代人保管	預<ruby>あず</ruby>ける	寄放，寄存

(3) U-ERU
akU-akERU

開<ruby>あ</ruby>く	開着，空着	開<ruby>あ</ruby>ける	打開，張開，鑽開
付<ruby>っ</ruby>く	附上，沾上	付<ruby>っ</ruby>ける	安上，安裝上，記上
育<ruby>そだ</ruby>つ	發育，生長	育<ruby>そだ</ruby>てる	培育，撫養，培養
立<ruby>た</ruby>つ	站，興起	立<ruby>た</ruby>てる	竪立，創立，建立

9 2

並ぶ	排隊，比得上	並べる	排列，陳列，列舉
進む	進步，前進	進める	使前進，推進，推展
傷む	腐壞，損壞	傷める	傷害，損害
傾く	傾斜，歪	傾ける	使～傾斜
落ち着く	安定，穩定	落ち着ける	鎮靜下來
揃う	成套，齊全	揃える	使一致，湊齊
縮む	縮小，收縮	縮める	縮短，弄小
届く	達到，夠得到	届ける	送到，送給
緩む	鬆弛，鬆動	緩める	放鬆，鬆懈
止む	停止，中止	止める	放棄，取消，戒除
近付く	靠近，快要	近付ける	讓～靠近
続く	持續發生，接著	続ける	繼續做，連起來
浮かぶ	漂，浮出，湧上	浮かべる	浮，使～出現，想起

(4) ERU-U

torERU-torU

取れる	脫落，理解	取る	拿，取，握，得到
切れる	銳利，斷開	切る	切，剪，斷，割
焼ける	燃燒，晒黑	焼く	燒，烤，焚燒
破れる	破，破裂，輸	破る	撕，弄破，打敗
割れる	破裂，粉碎	割る	切割，打碎，分配
折れる	折斷，屈服	折る	弄斷，使彎曲

(5)　ERU-ASU
dERU-dASU

出る	出去，出來	出す	拿出，送出，交出
生える	長，生，發	生やす	任其生長，留長起來
増える	増加，増多	増やす	使増加，繁殖
負ける	失敗，輸，減價	負かす	打敗，擊敗，説服
醒める	醒過來，覺醒	醒ます	弄醒，喚醒，吵醒
荒れる	荒廢，變粗	荒らす	破壞，使荒蕪
枯れる	枯萎，枯死	枯らす	使枯乾，使枯萎
焦げる	被燒焦	焦がす	燒焦，烤焦，使焦急
絶える	斷絶，消失	絶やす	消滅，弄熄
冷える	變冷，變涼	冷やす	冷却，使冰冷
漏れる	漏出，遺漏	漏らす	洩漏，漏掉
燃える	燃燒，着火	燃やす	燒，燃燒
遅れる	遅到，過時，慢	遅らす	拖延，使退後
肥える	肥胖，肥沃	肥やす	使土地肥沃，養胖
慣れる	習慣，熟練	慣らす	使習慣，使適應
逃げる	逃跑，逃避	逃がす	放掉，放走，錯失
濡れる	濕透，被淋濕	濡らす	淋濕，沾濕，弄濕

(6)　RERU-SU

taoRERU-taoSU

<ruby>倒<rt>たお</rt></ruby>れる	倒毀，破産	<ruby>倒<rt>たお</rt></ruby>す	打倒，擊敗，打翻
<ruby>壞<rt>こわ</rt></ruby>れる	損壞，故障	<ruby>壞<rt>こわ</rt></ruby>す	弄壞，毀壞，破壞
<ruby>崩<rt>くず</rt></ruby>れる	崩潰，崩裂	<ruby>崩<rt>くず</rt></ruby>す	拆毀，打亂，使瓦解
<ruby>汚<rt>けが</rt></ruby>れる	汚染，不道德	<ruby>汚<rt>けが</rt></ruby>す	汚染，敗壞，汚辱
<ruby>汚<rt>よご</rt></ruby>れる	髒，被弄髒	<ruby>汚<rt>よご</rt></ruby>す	弄髒，使髒汚
<ruby>溢<rt>こぼ</rt></ruby>れる	溢出，灑出	<ruby>零<rt>こぼ</rt></ruby>す	打翻，落淚
<ruby>流<rt>なが</rt></ruby>れる	（水）流動	<ruby>流<rt>なが</rt></ruby>す	沖走，使流走
<ruby>現<rt>あらわ</rt></ruby>れる	出現，露出	<ruby>表<rt>あらわ</rt></ruby>す	表現，表達
<ruby>隱<rt>かく</rt></ruby>れる	隱藏，不外露	<ruby>隱<rt>かく</rt></ruby>す	遮蓋，掩藏，隱瞞
<ruby>外<rt>はず</rt></ruby>れる	脫落，落空	<ruby>外<rt>はず</rt></ruby>す	取下，解開，卸下

(7)　U-ASU

herU-herASU

<ruby>減<rt>へ</rt></ruby>る	減少，磨損	<ruby>減<rt>へ</rt></ruby>らす	減少，削減，裁減
<ruby>動<rt>うご</rt></ruby>く	活動，搖動	<ruby>動<rt>うご</rt></ruby>かす	開動，推動，運用
<ruby>乾<rt>かわ</rt></ruby>く	乾，乾枯	<ruby>乾<rt>かわ</rt></ruby>かす	弄乾，晒乾
<ruby>漏<rt>も</rt></ruby>る	漏下，透過來	<ruby>漏<rt>も</rt></ruby>らす	漏掉，洩漏，透露

(8)　IRU-ASU

nobIRU-nobASU

<ruby>伸<rt>の</rt></ruby>びる	伸長，變長	<ruby>伸<rt>の</rt></ruby>ばす	延長，拖延，拉長

みちる 満ちる	充滿，到期	みたす 満たす	充滿，塡滿，滿足
いきる 生きる	活，生存，生動	いかす 生かす	弄活，救活，發揮
こりる 懲りる	吃過苦頭	こらす 懲らす	懲罰，教訓

(9) IRU-OSU

okIRU-okOSU

おきる 起きる	起床，坐起來	おこす 起こす	叫醒，喚醒
おちる 落ちる	掉落，低落	おとす 落とす	往下擲，丟失
おりる 降りる	下來，降下	おろす 降ろす	取下，拿下，卸下
ほろびる 滅びる	滅亡，滅絕	ほろぼす 滅ぼす	使～滅亡，消滅

(10) RU-SU

nokoRU-nokoSU

のこる 残る	留，殘留，剩下	のこす 残す	留下，遺留，使剩下
うつる 移る	移動，轉移	うつす 移す	移，搬遷，調動
おこる 起こる	引起，發生	おこす 起こす	惹起，掀起，發起
かえる 返る	返還，恢復	かえす 返す	歸還，送回，重複
くだる 下る	下去，宣判	くだす 下す	下達，做出，着手
とおる 通る	通過，穿過	とおす 通す	貫穿，透過，滲透
なおる 直る	復原，修理好	なおす 直す	改正，矯正，修理
まわる 回る	轉，回轉，繞道	まわす 回す	轉動，傳給
わたる 渡る	渡，過	わたす 渡す	送過河，交給

(11) RU-SERU

miRU-miSERU

見^みる	看	見^みせる	讓～看
着^きる	穿	着^きせる	給～穿上，蓋上
浴^あびる	浴，淋，受到	浴^あびせる	澆，潑，使前面遭受
似^にる	像，似	似^にせる	模仿，仿造
乗^のる	乘，搭	乗^のせる	裝載，裝上

(12) 其他

見^みえる	看得到	見^みる	看，觀察，參觀
消^きえる	消失，看不見了	消^けす	撲滅，熄滅，關掉
聞^きこえる	聽得到	聞^きく	聽，徵詢
生^うまれる	誕生，出生	生^うむ	生下，產下
入^{はい}る	進入，進去	入^いれる	裝進，放入

　　從以上的整理，各位可以發現，日語的自動詞和他動詞「形狀和意思」上的區別，幾乎沒有什麼規則可循（因為規則太多，等於沒規則）。比起中英文，同一個動詞既可當自動詞又可當他動詞，日文在這方面複雜多了，除非一個一個背，或勤查辭典，真是找不到第二捷徑。

　　不過，根據我的經驗，自動詞有「自然發生」的傾向，比較接近「大自然裏面的各種現象」，而他動詞比較可以感覺出句子的背後有個「人」的存在，換言之，有「故意，有意，人為」的傾向。因此有時候我會把「自動詞」想成「理學院」，而「他動詞」想成「工學院」，它們的個性的確有這種傾向。

1 7 複合動詞

新宿（しんじゅく）で地下鉄（ちかてつ）に乗（の）り換（か）えて、
銀座（ぎんざ）へ行（い）きます。

在新宿換乘地下鐵,
去銀座。

宇宙研究所（うちゅうけんきゅうしょ）は新（あたら）しいロケット
を打（う）ちあげました。

太空研究所發射了新
的火箭。

在日語中，結合二個動詞變成一個動詞的情形很普遍。例如，「乘り換える（換乘／改搭）」，就是由「乘る（搭乘）」和「換える（更換）」這二個動詞結合而成的。這種由兩個「單純動詞」利用「一前一後的連接」形成一個新的「複合動詞」，有點像是男女二人結合形成一體（新家庭）自立門戶一樣，並在辭典中佔一席之地（一個新的詞條項目），可以單獨查得到一個字，這就叫做複合動詞。在這種情況下，前面的動詞必須要像「乘り」一樣，改成連用形。

複合動詞和詞彙的構成（即「構詞法」）有關，但在本章中，我所要討論的是為數龐大的複合動詞當中，後項動詞使用率特別高的部分，這種後項動詞又叫做「敍述性補助動詞」，因其功能已變成具有「助動詞」的作用，附着力極強，廣泛地接在幾乎不受限制的「前項動詞」之後，補助「前項動詞」添加某種「含意」，且該含意已與它原先的本意偏離，另有它作為「補助動詞」所特有的詞意（通常查辭典時，會列在該本動詞含意的最後處）。由於它的造字能力極強（意味「前項動詞」幾乎不受限制），因此雖然為數很少（大約五、六十個），但所造出來的新「複合動詞」在相乘效果之下，多到不可勝數，故除非意思差異太大，無法按常理推想，才不得已，列在辭典中。否則一般不列，而將之歸類為一文法問題來討論。

主要的「敘述性補助動詞型」的複合動詞，大致可以分類如下：
① 表示動作的「相態(Aspect)」的複合動詞
② 表示動作的「方向」的複合動詞
③ 表示動作的「作法方式」的複合動詞
④ 改變動作「對象關係」的複合動詞
⑤ 表示加強「動作的強度和深度」語氣的複合動詞
⑥ 表示「動作及其結果」的複合動詞

（１）表示相態的複合動詞

可分為表示動詞的「開始・繼續・結束」三種。請參照『２３有關相態(Aspect)的文法』。

① 表示動作的開始

補助動詞	複合動詞例	句例
～はじめる （開始～）	降りはじめる （開始下）	雨が降りはじめた。 （下起雨來了）
～だす （～起來）	降りだす （下了起來）	突然雨が降りだした。 （突然下起雨來了）
	笑いだす （笑了起來）	それを聞いて、思わず笑いだしてしまった。 （聽到這個，不由得笑了起來）
～かける （沒～完） （～一半）	読みかける （沒讀完／讀一半）	読みかけた本をどこかに忘れて来た。 （讀一半的書忘記丟到哪裡了）
	やりかける 開始了做，但還沒有做完／做了一半）	やりかけたことは最後までやりたい。 （沒做完的事情想要把它完）

② 表示動作的繼續

～つづける （繼續～） （不停地）	歩きつづける （一直走／ 不停地走）	一日中歩きつづけて疲れてしまった。 （一整天不停地走，累死了）
～つづく （持續～）	降りつづく （持續下雨）	このところ雨が降りつづいている。（這幾天陰雨連綿）
	鳴りつづく （持續響）	雷が鳴りつづいた。 （雷聲響個不停）
～とおす （一直～） （～到底）	やりとおす （一直做／ 做到底）	その仕事を終わりまでやりとおした。 （把這工作一直做到結束了）

③ 表示動作的結束

～ぬく （～到底）	生きぬく （堅持活完）	世知辛いこの世を生きぬいてきた。（堅持度過艱苦的這一生）
～きる （～完） （～清）	出しきる （盡出／出完）	百メートル走って、力を出しきった。（使盡全力跑百米）
	数えきる （數清／數完）	数えきれないほどたくさんの星（幾乎數也數不完的許多星星）
～あげる （～完成）	書きあげる （寫完）	彼は作文を書きあげた。 （他寫完作文了）
～あがる （～好）	できあがる （完成）	やっと料理ができあがった。 （好不容易菜做好了）
～おえる （～完）	話しおえる （講完）	講演者はやっと話しおえた。 （演講者好不容易講完了）

（２）表示方向的複合動詞

① 朝上方或向外的移動動作

～あげる （～上去） （～起來）	打ちあげる （發射升空）	新しいロケットを打ちあげた。 （發射新型的火箭升空）
	抱きあげる （抱起）	赤ん坊を抱きあげる。 （抱起嬰兒）
～あがる （～起來） 空間性	飛びあがる （起飛）	飛行機が飛びあがった。 （飛機起飛升空了）
	舞いあがる （飛舞）	鳥が舞いあがった。 （鳥兒飛舞起來）

② 朝下方移動的動作

～おろす （～下來）	積みおろす （卸下來）	トラックから荷物を積みおろす。 （從卡車上卸下貨物）
～おりる （～下來）	舞いおりる （飛落下）	鳥が舞いおりてきた。 （鳥兒飛下來了）
～おとす （～掉下）	打ちおとす （打下來）	鉄砲で鳥を打ちおとした。 （用槍把鳥打下來）
～おちる （～落下）	流れおちる （流下來）	川の水が滝から流れおちている。 （河水從瀑布流下來）

③ 由内向外的動作

～だす （～出來）	流れだす （流出來）	洪水で川から水が流れだした。 （因為洪水，水從河川流出來了）
	考えだす （想出來）	これは私が考えだした計画です。 （這是我想出來的計劃）

~でる (~出來)	流れでる (流出來)	湖から水が流れでて川になる。 （水從湖泊流出來變成河川）
	溢れでる (溢出來)	目から涙が溢れでた。 （涙水從眼睛湧出來）

④ 由外向內的動作

~こめる (~進去)	閉じ込める (關進去)	犯人を倉庫に閉じこめた。 （把犯人關進倉庫裏去）
~こむ (~進去)	射し込む (照進來)	この部屋には暖かい日が射し込む。 （這房間有温暖的陽光照進來）
	覗き込む (窺視)	他人の生活を覗き込んだ。 （窺探別人的生活）
	書きこむ (記入)	書類に必要事項を書きこむ。 （把必要事項記入文件中）
~いれる (~進來)	取り入れる (引進)	外国から優れた制度を取りいれる。 （從外國引進卓越的制度）
	受けいれる (接納)	留学生を受けいれる。 （接納留學生）

（3） 表示動作的作法方式

　　把「もう一度書く（再寫一次）」改用「書きなおす（重寫）」，或是把「慣れてしまうほど何回も見る（看過了好多次，幾乎到了已經習慣的程度）」改用「見慣れる（看習慣）」表達，如此一來有精簡用字，格式統一的好處。換言之，這些補助性的後項複合動詞，是用來除了「書く（寫）、見る（看）」的動作之外，再添加規定該動詞是以何種方式或情況下在做的，有如提供一個副詞性的修飾環境。

～なおす (重新～)	書き直す (重寫)	レポートを何回も書きなおした。 (報告巳經重寫了好幾次了)
	考えなおす (重想)	もう一度考えなおしてください。 (請再重新考慮一下)
～なれる (～習慣)	見慣れる (看慣)	見なれた風景も少しずつ変わる。 (再熟悉的風景也會稍微有點改變)
	履きなれる (穿慣)	ハイキングには履き慣れた靴がいい (遠足要穿穿慣了的鞋子比較好)
～あさる (～物色)	読み漁る (到處找 來讀)	夏休みには推理小説を読みあさった (暑假期間到處找推理小説來讀)
～かえる (改～)	乗り換える (改搭)	JAL からKLM に乗りかえる。 (由JAL 改搭KLM 的飛機)

（4）改變對象關係的複合動詞

　　如果句子只有單純出現「話す（説）」這個動詞的話，那麼你所關心的是「説什麼」，因此需要一個「何を（什麼）」做為「話す」的受詞。但是如果句子裏頭出現的動詞是「話し合う（討論，商量，談話）」的話，那麼談話或商量的對象「誰と（和誰）」才是我們所關心的。至於如果是主動地去找人攀談或聊天的話，應該用「話しかける（找人，並向那個人説話）」這個複合動詞，而關心的重點則變成是「誰に（向誰）」了。

　　像這種會因該「複合動詞」的改變，隨時調整句中所需要的「補語格」者，稱為「改變對象關係」的「複合動詞」。

【人】と	【こと】を	話す	和【人】談【事情】
【人】に	【こと】を	話す	告訴【人】【事情】
【人】と	【こと】を	話しあう	和【人】商量【事情】
【人】に	【こと】を	話しかける	找【人】攀談【事情】

　下面再舉「巻く（纏）」和「巻きつける（纏上）」的補語格的關係。

　「巻く」有①「包帯を巻く（裏繃帶）」和②「足を巻く（纏脚）」二種説法，但如果用的是「巻きつける」這個複合動詞的話，則只有「足に包帯を巻きつける（給脚纏上繃帶）」這唯一的説法。或者是把二個補語對調位置，改為「包帯を足に巻きつける（把繃帶纏在脚上）」。

　「～を」是表示直接對象（直接目的），「～に」是表示間接對象（間接目的）。這種關係用圖表示如下：

材料	直接對象	間接對象	動詞	
（～で）	（～を）	（～に）		
包帯	足	巻く、巻きつける		①
包帯	足		巻く	②

　對「巻きつける」而言，補語被分工為「直接對象」和「間接對象」。對「巻く」而言，也可以有二種補語各司其職。其中之一是和（①）的「巻きつける」相同情況。但是另外一個（②）則補語被分工為「直接對象」和「材料」。

～あわせる （～合起來）	貼り合わせる （黏在一起）	紙を貼りあわせて厚くする。 （把紙黏在一起使其變厚）
～あう （互相～）	話し合う （商量）	目下の問題について話しあった （討論有關當前的問題）
	助けあう （互相幫助）	助けあわなければならない。 （必須互相幫助）
	認めあう （互相欣賞）	彼らはお互いの実力を認めあっ ている。 （他們互相欣賞彼此的實力）
～かける （主動找上～）	話しかける （搭話）	女の子はお母さんに話しかけて いた。（女孩子找上母親搭話）
～つける （～上） （～合） （～住） （～在一起）	張りつける （黏上）	ポスターを張りつけた。 （張貼廣告）
	結びつける （結合）	二人を結びつけたのはお互いの 趣味だ。 （結合二人的是彼此的興趣）
	巻きつける （纏住）	竿に糸を巻きつける。 （把線纏在竿子上面）
～つく （緊密～） （～牢）	張りつく （牢貼）	紙が張りつく。 （紙牢牢地貼住）
	結びつく （結合一體）	提攜によって強く結びつく。 （藉着合作堅強地結合起來）
	巻きつく （緊纏）	竿に糸が巻きつく。 （線緊纏在竿子上）

（5）表示加強語氣的複合動詞

　　表示某個動作「積極強烈、全面地進行」之意。例如，相對「考える（思考）」而言，「考えこむ（沈思・苦想）」有「深く考える（深入思考）」的意思。這時候，從文法的角度來説，則變成無意志動詞。但是，並非全部表示加強語氣的複合動詞都是這樣的。

～こむ （深入～） （徹底～）	考えこむ （沈思） 思いこむ （深信）	考えこんでいる。 （正在苦思中） 思いこんでしまった。 （深信不疑）
～すぎる （～過度）	食べすぎる （吃太多）	ご飯を食べすぎる。 （飯吃太飽了）
～まわす （到處～）	見まわす （環視）	あたりを見まわす。 （環顧四周）
～まわる （到處～）	歩きまわる （到處走）	一日中歩きまわって疲れた。 （一天中走遍各地，累了）
～つける （狠狠～） （使勁～）	痛めつける （大肆攻擊）	痛めつけてやろう。 （給予嚴懲痛擊吧！）

（6）表示動作及其結果的複合動詞

　　把某個動作和該動作的結果連接在一起，同時表達。

～とる （～到）	学びとる （學習到）	学問の仕方を学びとる。 （學習到學問的方法）

（〜懂）	感<ruby>感<rt>かん</rt></ruby>じとる （感覺到）	真意を感<ruby>感<rt>かん</rt></ruby>じとった。 （感到真心真意）
	読<ruby>読<rt>よ</rt></ruby>みとる （讀懂）	行間から読<ruby>読<rt>よ</rt></ruby>みとった。 （從字行間理解到）
	聞<ruby>聞<rt>き</rt></ruby>きとる （聽懂）	外国語を聞<ruby>聞<rt>き</rt></ruby>き取<ruby>取<rt>と</rt></ruby>ることは難<ruby>難<rt>むずか</rt></ruby>しい。 （聽懂外國話很難）
〜ころす （〜殺死）	打<ruby>打<rt>う</rt></ruby>ち殺<ruby>殺<rt>ころ</rt></ruby>す （打死）	打<ruby>打<rt>う</rt></ruby>ちころされた。 （被打死了）
	殴<ruby>殴<rt>なぐ</rt></ruby>り殺<ruby>殺<rt>ころ</rt></ruby>す （毆打致死）	なぐりころされた。 （被毆致死了）
	刺<ruby>刺<rt>さ</rt></ruby>し殺<ruby>殺<rt>ころ</rt></ruby>す （刺殺）	刺<ruby>刺<rt>さ</rt></ruby>し殺<ruby>殺<rt>ころ</rt></ruby>された。 （被刺殺了）
〜たおす （〜倒下）	打<ruby>打<rt>う</rt></ruby>ちたおす （打倒）	敵<ruby>敵<rt>てき</rt></ruby>を打<ruby>打<rt>う</rt></ruby>ちたおす。 （打倒敵人）
	殴<ruby>殴<rt>なぐ</rt></ruby>り倒<ruby>倒<rt>たお</rt></ruby>す （打倒在地）	犯人<ruby>犯人<rt>はんにん</rt></ruby>をなぐりたおした。 （把犯人打倒在地）

　　某些複合動詞的後項成分，同時兼具有上述的（1）〜（6）項當中的兩種以上功能。也就是說，同一個後項成分，卻同時出現在（1）〜（6）的分類中的二種用法裏面。這時候，就產生「應如何辨識正確用法含意？」的問題了。例如，在說「流れ出す（流出來）」的時候，到底是和「流れ始める（開始流）」一樣表示（1）相態(Aspect)的意思呢？還是像「流れ落ちる（流下來）」一樣只是單純表示（2）方向的意思呢？

流<ruby>流<rt>なが</rt></ruby>れ出<ruby>出<rt>だ</rt></ruby>す（流出）	流<ruby>流<rt>なが</rt></ruby>れ始<ruby>始<rt>はじ</rt></ruby>める（開始流）	【相態】
流<ruby>流<rt>なが</rt></ruby>れ出<ruby>出<rt>だ</rt></ruby>す（流出）	流<ruby>流<rt>なが</rt></ruby>れ落<ruby>落<rt>お</rt></ruby>ちる（流下來）	【方向】

　在衆多的複合動詞之中，可能會遇到這種問題的，大致有下列
幾種的情況。

～だす	【相態】	【方向】
～あげる	【相態】	【方向】
～あがる	【相態】	【方向】
～かける	【相態】	【對象關係】
～かかる	【相態】	【對象關係】
～つける	【對象關係】	【加強語氣】
～こむ	【方向】	【加強語氣】

１８ 《來·去》之目的

私は日本へコンピュータの勉強に
来ました。

我到日本來（是為了）
學電腦。

図書館へ本を借りに行きます。

去圖書館借書。

（１）「來·去」的目的

在衆多的述語動詞當中，只限少數有表示移動意思的動詞，如

行く·来る·帰る·出る·入る·戻る‥‥

才具有本章這種表示「《來·去》之目的」的説法。文法上，解説的重點是放在「動詞的連用形＋に」上面。而所謂「連用形」就是從「動詞的ます形」去掉「ます」所剩下的部分。

私は図書室へ本を読みに行きます。

我去圖書室念書。

友達が私のところへお金を借りに来ました。

朋友到我這裡來借錢

花子は自分の部屋へテレビを見に戻りました。

花子小姐回到自己的房間看電視。

太郎は家へお金を取りに帰りました。

太郎回家拿錢。

雖然「動作進行的場所」，就像「この部屋でテレビを見ます（在這個房間看電視）」一樣，應該用「で」來表示。但是，以

下的說法却都很奇怪。

　　×　この部屋<ruby>へ<rt>や</rt></ruby>でテレビを見<rt>み</rt>に来<rt>き</rt>ました。
　　（在這個房間來看電視）

　　在表示「來・去之目的」的說法中，絕對不行用【場所で】，必須用【場所へ】才可以。

　　○　この部屋<rt>へや</rt>へテレビを見<rt>み</rt>に来<rt>き</rt>ました（到這房間看電視）

（2）動作名詞＋「に」

　　以上的例子是「動詞的連用形＋に」的情況，下面介紹另外一種「動作名詞＋に」的情況。

食堂<rt>しょくどう</rt>へ食事<rt>しょくじ</rt>に行<rt>い</rt>きます。	去餐廳吃飯。
デパートへ買<rt>か</rt>い物<rt>もの</rt>に行<rt>い</rt>きます。	去百貨公司買東西。
スポーツ・センターへ卓球<rt>たっきゅう</rt>の練習<rt>れんしゅう</rt>に行<rt>い</rt>きます。	去體育館練習打桌球。

　　上面例句中的「食事・買い物・練習」都和「勉強」一樣，是屬於可以在後面接「～する」就變成動詞的「動作名詞」。

（3）「勉強をする・勉強する」和「移動目的」的句子關係

私<rt>わたし</rt>は　勉強<rt>べんきょう</rt>を　します。		我要讀書（或學習）
私<rt>わたし</rt>は　勉強<rt>べんきょう</rt>　します。		我要讀書（或學習）

　　只有上面這種情況，兩個句子都算正確。但若加上「コンピュータ（電腦）」的話，則後者會變成錯誤的句子。

```
○  私は  コンピュータの  勉強を  します。    我要學電腦。
   わたし          べんきょう
×  私は  コンピュータの  勉強  します。
   わたし          べんきょう
```

換言之，「勉強する」整個算是一個動詞，這時它的對象（受詞）會變成「コンピュータを」，必須改為下句才對。

```
私は  コンピュータを  勉強します。        我要學電腦。
わたし        べんきょう
```

然而根據我教日語多年的經驗，很多學生常常會造出下面這個錯誤的句子。

```
×  私は  コンピュータを  勉強を  します。
   わたし        べんきょう
```

如果我們把下面這兩個句子，

```
コンピュータの勉強をする。      要學電腦。
      べんきょう
コンピュータを勉強する。        要學電腦。
      べんきょう
```

放到這章所討論的「移動的目的」的句子裡，則會產生下面兩種句子。記得要把動詞改為「連用形」，「する」的連用形是「し」。意思是「我來做電腦的學習」。

```
私は  コンピュータの  勉強を  しに  来ました。
わたし        べんきょう        き
私は  コンピュータを  勉強しに      来ました。
わたし        べんきょう        き
```

因為「勉強」是動作名詞，所以可以再精簡變成

```
私は  コンピュータの  勉強に      来ました。
わたし        べんきょう        き
```

或是也可以把「の」⇨「を」

> 私は　コンピュータを　勉強に　来ました。

但是，因為容易混淆，所以在初級階段時，最好不要教。

（4）「～ところ」

> 私は　友達のところへ　遊びに行きました。
> （我到朋友那邊去玩）
>
> 私は　窓のところへ　行きました。
> （我去窗戶那邊）
>
> 私は　窓のところで　本を読みました。
> （我在窗戶那邊看書。）

「～へ行く」的情況中的「～へ」，「～」必須是表示場所的名詞（場所名詞）。要把「非場所名詞」改變成「場所名詞」時，通常都加上「のところ」。至於哪些是場所名詞？

教室（教室）・玄関（大門）・事務所（辦公室）

体育館（體育館）・病院（醫院）・会社（公司）

東京・ローマ（羅馬）・アメリカ（美國）等等

都是屬於「場所名詞」。

為了要「場所化」，有時候必須用到「のそば（的旁邊）」「のまえ（的前面）」「のほう（的這邊）」。不過，在這種情況下，意思場所化的同時，也加上了其他各別的意思。只有「のところ」是意思不變的場所化。

> 花子が私のほうへ来ました。　花子朝我這邊來了。
> 次郎は机のそばで遊んでいます。　次郎正在桌子旁邊玩。

就連表示動作進行的場所的「で」，其前面的名詞。當然也必須是場所名詞。否則的話，「で」就變成「手段、方法」的意思，甚至變成沒有意義了。

黒板（こくばん）のところで遊（あそ）びました。（場所）
（在黑板的附近玩）

黒板（こくばん）で遊（あそ）びました。（「黒板で」被解釋為手段的意思。）
（用黑板來玩）

如果「黒板で」不被解釋為手段的意思，那豈不是變成好像人垂直站在黑板上面玩了嗎？難道這個人是武功高手黃飛鴻不成。

如果本來已經是場所名詞，再加上「のところ」的話，就不再是指那個場所，而變成「その付近（那附近）」的意思了。

事務所（じむしょ）へ行（い）きました。　　　　（去辦公室）

事務所（じむしょ）のところへ行（い）きました。　　（去辦公室附近）

１９　動詞的「て形」

> わたし あさ お はん た がっこう い
> 私は朝起きて、ご飯を食べて、学校へ行く。
> （我早上起床，然後吃飯，再去學校）
>
> つか ふくざつ けいさん
> コンビュータを使って、複雑な計算をする。
> （用電腦做複雜的計算）

（１）て形的作法

　　在整個日本語教育的領域中，「て形」的作法和用途，可以稱得上是初級日語階段，最精彩的部分。日本人的語言中，據說使用率最高的幾個字，分別是「て・に・を・は」四個字，都屬於助詞的天下，尤其是「て」更是日文之王，它可以接在所有「活用語（有語尾變化的動詞、形容詞、助動詞）」之後，如果前面接的是「五段動詞」的話，還會産生「音便」。

	語　尾	例
五段動詞	う・つ・る⇨って	あ　　　あ 会う ⇨ 会って う　　　う 打つ ⇨ 打って と　　　と 取る ⇨ 取って
	む・ぶ・ぬ⇨んで	の　　　の 飲む ⇨ 飲んで と　　　と 飛ぶ ⇨ 飛んで し　　　し 死ぬ ⇨ 死んで
	く⇨いて	か　　　か 書く ⇨ 書いて

	［例外］	咲<ruby>く<rt>さ</rt></ruby> ⇨ 咲<ruby>いて<rt>さ</rt></ruby> 行<ruby>く<rt>い</rt></ruby> ⇨ 行<ruby>って<rt>い</rt></ruby>
	ぐ⇨いで	泳<ruby>ぐ<rt>およ</rt></ruby> ⇨ 泳<ruby>いで<rt>およ</rt></ruby> 嗅<ruby>ぐ<rt>か</rt></ruby> ⇨ 嗅<ruby>いで<rt>か</rt></ruby>
	す⇨して	話<ruby>す<rt>はな</rt></ruby> ⇨ 話<ruby>して<rt>はな</rt></ruby> 写<ruby>す<rt>うつ</rt></ruby> ⇨ 写<ruby>して<rt>うつ</rt></ruby>
一段動詞	る⇨て	見<ruby>る<rt>み</rt></ruby> ⇨ 見<ruby>て<rt>み</rt></ruby> 教<ruby>える<rt>おし</rt></ruby>⇨ 教<ruby>えて<rt>おし</rt></ruby>
不規則動詞		来<ruby>る<rt>く</rt></ruby> ⇨ 来<ruby>て<rt>き</rt></ruby> する ⇨ して

（２）て形的用法概要（詳細請看下章）

> 表示：順序動作、並行動作、手段・方法、原因・理由等等。
> 「～てください」的形式是表示「請求」
> 「～ている／～てある」等形式是表示「相態」
> 「～てもいい／～てはいけない」等形式是表示「許可、禁止」
> 「～てあげる／～てくれる」等形式是表示「恩惠的授受」

20 「て形」的意義

順序動作	〜してから、〜する	〜之後，再〜
並行動作	〜した状態で、〜する	一面〜，同時〜
手段・方法	〜することによって、〜する	利用〜，來〜
原因・理由	〜ので／から〜	因為〜所以〜

　　嘗試將「て形」的意思進行分類，目前已經有許多專家學者發表了成果。然而，「て形」本身的意思其實很單純，一言以蔽之，就是把前後兩個動作結合起來。但因為前後動詞的性質不同，因此産生了各種不同的解釋。

　　也因此我們不能説「反正意思只有一個，沒有細分的必要」。待會我們可以看到許多學習者對「て形」用法誤解的例子。如果老師不解釋清楚為什麼會誤用的原因，學習者再學十年，也搞不清楚的。

　　下面，我打算從最基本的意思開始，依序説明其他較困難的意思。但是所謂的「基本」，也不能太過於一般化，因為如此一來很容易出現矛盾，錯誤的例子。當老師的人，將整天忙著一個一個去解釋為什麼錯？錯在什麼地方？總之，分類的技巧太差的話，變成整天都在應付例外情況的説明，永遠説明不完。

　　日語文法的這個部分，也就是「對於て形意思的解釋」，似乎必須運用到許多語言之外的一般常識。話雖如此，我們也不能説語言本身都存在有這種不可捉摸性的現象，就認定其他部分也必然如此，否則的話，恐怕什麼也學不成了。特別是對於頭腦中的常識和日本人的常識有很大差距的外國人，必須先彼此建立起這種共識，什麼共識呢？就是「例外的情形雖有，但在初學階段，可以暫時不予深究」，等到體會到日本人的民族性和語言的特性之後，自然就能接受日本人的説話習慣了。

（1）順序動作－「～してから，～する」
（做了～之後，接著做～）

> 私は6時半に起きて、7時に朝ご飯を食べます。
> （我在6點半起床，接著在7點的時候吃早飯）

「て形」的最基本意思便是「表示時間順序的動作」。以此例來説，就是「做完一個動作之後，再接著轉移去做下一個動作」。也可以連接三個以上的動作，例如下例：

私は6時に起き**て**、歯を磨い**て**、顔を洗っ**て**、七時に朝ご飯を食べ**て**、七時半に学校へ出かけます。

（我6點起床，刷牙洗臉，七點吃早飯，然後七點半上學）

そして、板橋駅で汽車に乗っ**て**、台北駅で汽車を降り**て**、駅から学校まで歩い**て**来ます。

（而後，在板橋車站搭火車，在台北車站下車，
從車站一直走路到學校來）

如果要用公式表示的話，就是「～する、次に～する」的意思。經常可以用「～してから、～する」來代替。

私は家へ帰っ**てから**お風呂に入ります。（我回家之後洗澡）

（2）並行動作 ——— 「～した状態で～する」
（在處於做了～的狀態下，一面做～）

> 電車に乗っ**て**本を読む。　　［在坐電車的狀態下讀書］
> （坐電車時讀書）
>
> かばんを肩に掛け**て**歩く。　　［在背着皮包的狀態下走路］

（背著皮包走路）

椅子に腰掛<u>て</u>新聞を読む。　［在坐着的状態下看報紙］
（坐在椅子上看報紙）

「て形」的第二個意思是，「在某個動作状態下，同時進行着另一個動作」。

要説明上面的例句，如果你把它解釋成「先發生坐電車的動作，然後再發生看書的動作」。這麼一來豈不是和（１）的解釋，沒有任如差別了嗎？

事實上，看書的時候，顯然人還處於坐電車的狀態下，而非「坐車的動作已經結束，開始進行下一步的動作（下車）」。也就是説在還處於「乗る（上車）～降りる（下車）」這兩個動作之間的狀態，可以做另一件其他的動作「読む（讀書）」。因此稱之為「並行動作」或「同時動作」。

並行動作，一般來説可用「～ながら～」來表示。

テレビを見<u>ながら</u>ご飯を食べる。　（邊看電視邊吃飯）

但是，如果你把前面那一句也改成「電車に乗りながら本を読む（邊坐電車邊看書）」，就很奇怪了。也就是説，表示並行動作的「～ながら」和「～て」，各有其適當的使用時機。

テレビを見ながらご飯を食べる。　（邊看電視邊吃飯）

？　テレビを見<u>て</u>ご飯を食べる。

電車に乗っ<u>て</u>本を読む。　　　　（坐在電車裏面看書）

×　電車に乗りながら本を読む。

也許有人認為可能是「繼續動詞」和「結果動詞」的差別，可是利用下面的例句，可以証明這種很單純的分辨法還是很難解釋清楚的。像「見る（看）」是繼續動詞，但是

鏡を見ながら髭を剃る。　　　　鏡を見て髭を剃る。
（邊看鏡子邊剃鬍子）　　　　　　（看着鏡子剃鬍子）

這兩句却都没有錯。

　　上面的「テレビを見てご飯を食べる（看電視，吃飯）」的意思很曖昧。如果你改説成「テレビを見てからご飯を食べる（看完電視，然後吃飯）」的話，很清楚的就是指「順序動作」的意思。如果你改説成「テレビを見ながらご飯を食べる（邊看電視邊吃飯）」的話，那麼「並行動作」的意思就很清楚了。

```
                    ┌──⇨テレビを見てからご飯を食べる
                    │     （看完電視然後吃飯）⇨順序動作
 ？                 │
テレビを見てご飯を食べる
  （看電視，吃飯）   │
                    └──⇨テレビを見ながらご飯を食べる
                          （邊看電視邊吃飯）⇨並行動作
```

　　上面這個原則，如果運用到「電車」那一句的話，「～てから」是否仍保持有「順序動作」的意思呢？結果我們發現這個原則雖然對「見る」説得通，但對「乘る」却説不通了。

電車に乗ってから本を読む。（坐上電車後看書）

　　人家是「看完了電視然後再吃飯」，你總不能也依法泡製説成「坐完了電車（下車）之後再看書」吧！換句話説，即使用「～てから」來表達，意思還是被解釋為「坐上電車之後看書」。意味「看書的時候，人還處於前面坐電車的動作狀態下」。

　　然而，如果情況改成是携帯子女到兒童樂園來玩的父母，對他們的孩子説：「我們坐完雲霄飛車，下來後就吃便當吧！」

ジェットコースターに乗ってからお弁当を食べよう。

　　我相信百分之百的日本人一定會解釋為「ジェットコースター

に乗って、降りて、それから～（乘坐雲霄飛車，下來，然後接著再～）」的意思。換言之，這句話的「乗って」一定會被解釋為「乗って、降りて」的意思。這是因為每一個人都知道「在雲霄飛車上，是不可能坐穩吃便當」的常識。

若是沒有了「から」，只剩下「て」的話，

ジェットコースターに<u>乗って</u>お弁当を食べる。

這時候「常識判斷」可能就比「文法解釋」還要來得重要了。

像這種需要靠常識來判斷的例子，實際上相當多，使得「文法說明」變得很複雜。就像下面的例子要如何解釋才好呢？

お風呂に入って、ビールを飲む。（出てから飲む）
（洗完澡喝啤酒）　　　　　　　　［出來之後再喝］

cf. 温泉に浸かりながら、日本酒を飲む。（出ないで飲む）
（邊泡温泉邊喝日本酒）　　　　　　［故意不出來在浴缸喝］

お風呂に入って、ラジオを聞く。（出てから；？お風呂で）
（洗澡聽音樂）　　　　　　　　　［出來之後；在洗澡時？］

お風呂に入って、新聞を読む。（出てから）
（洗完澡看報紙）　　　　　　　　［出來之後］

◆注意：如果有人發明「不會濕的紙」的話，解釋成「在洗澡時，人泡在浴缸中一面洗澡一面看報紙」又何嘗不可？

お風呂に入って、髭を剃る。（お風呂で）
（洗澡時刮鬍子）　　　　　［在浴室内］

トイレに入って、新聞を読む。（トイレで）
（上廁所時看報紙）　　　　　［在廁所内］

トイレに入って、ご飯を食べる。（出てから）
（上廁所後吃飯）　　　　　　　［出來之後］

トイレに入って、着替える。（出てから；トイレで）
（上廁所，換衣服）　　　　　［出來之後；在廁所内］

有没有一種能夠正確區分運用的説法呢？在義大利語中，有時也會將「そこで（在這裡）」的短句放入，以免造成誤會。

（3）手段・方法－「～することによって、～する」
（藉著～，來進行～）

> コンピュータを使って、複雑な計算をする。
> ＝コンピュータで複雑な計算をする。
> 　（使用電腦，來做複雑的計算）＝（用電腦做複雑的計算）
>
> 手紙を書いて、知らせる。　　（利用寫信通知）
> ＝手紙で知らせる。　　　　　（用信通知）

「て形」的第三個意思，帶有「～することによって、～する（利用前面的動作，來做後面的動作）」之意思，文法上就是指「手段・方法」。大多數的情況可以改用「【名詞】で」來取代。

自転車に乗って、本屋に行く。　　（騎脚踏車去書店）
＝自転車で本屋に行く。　　　　　（用脚踏車去書店）

アルバイトをして、お金を貯める。（打工，存錢）
＝アルバイトでお金を貯める。　　（利用打工存錢）

醤油を入れて、味をつける。　　（放醤油調味）
＝醤油で味をつける。　　　　　（用醤油調味）

如果把前面的句子和後面的句子彼此對調的話，那時就要改用「目的的表現」來連接句子了。

複雑な計算をするために、コンピュータを使う。
　（為了做複雑的計算，而使用電腦）

知らせるために、手紙を書く。
（為了通知別人，而寫信）

本屋へ行くために、自転車に乗る。
（為了去書店，而騎單車）

お金を貯めるために、アルバイトをする。
（為了存錢，而去打工）

味をつけるために、醬油を入れる。
（為了調味，而加醬油）

不過看到這裡，我們發現這種表示「手段・方法」的句子，和（２）表示「並行動作」的句子，不但外觀神似，連意思也極容易混淆。各位請細心體會其間的差異，找看看是否有什麼區分的要領。

自転車に乗って、本屋に行く。　　　　（騎單車去書店）

電車に乗って本を読む。　　　　　　　（搭電車一面看書）

如果要讓第二句產生「手段・方法」的意思，我想把它改成：

本を読むために、電車に乗る。　　　　（為了讀書而搭電車）

這麼一來，意思是（３）而不是（２），應該就很明確了。

如果像這樣，每個例子都要追根究底，鑽牛角尖的話，恐怕到最後，（１）、（２）、（３）之間的區別永遠會曖昧不清吧！。在此，把話又說回頭，是否真的有細分的必要呢？我的結論是，站在要讓學習者了解的立場，還是有必要在盡可能的範圍內，試着舉出一些最典型、最具有說服力的例子，來建立初學者的基礎觀念及信心。

（4）原因・理由 ──「～ので／から、～」
（因為～所以～）

> 人命を救って、表彰された。　（因為救人命，所以被表揚）
>
> その話を聞いて，なんとかしなくてはと思った。
> （因為聽了那句話，我覺得非想辦法不可了）

「て形」的第四個意思就是「～ので／から～」，表示「原因・理由」的意思。

在（1）、（2）、（3）中，前面和後面的動作（句子）都是「意志的表現」。但在「原因・理由」的句子中，必須記住⇨後面的句子必須用「無意志的表現」。這點可以說是和前面三項用法最大的不同處。另外，它不能利用把前後句對調位置來表現「目的」，這點也和（3）有極明顯的差異。因此下面是錯誤的示範。

× 表彰されるために、人命を救った。
（為了被表揚，而救人命）

× なんとかしなくてはと思うために、その話を聞いた。
（為了覺得非想辦法不可，而聽了那句話）

但是，（1）中「做V1的動作，接着做V2的動作」的解釋在這裡就可以套得上去了。例如：

人命を救って、表彰された。　（救人命，接著受到表揚）

◎ 為什麼「機器的操作手冊」那麼難懂？

日常生活中所說的話，即使像上面的表達方式同時存在有好幾種曖昧的含義，但通常都可以藉助常識來判斷、來區別。不過，通常我們會去閱讀操作手冊，就是因為不懂才要去看，這時候「常識」不但對於意思的解釋沒有幫助，不！應該說是「不許」

幫助更加貼切，靠常識來幫助閱讀非常專業的「手冊」，恐怕只會越幫越忙吧！

寫「操作手冊」的人，一定要對他所要寫的內容非常專業才行。要考慮到「操作手冊」的讀者都是「外行人」，下筆之前應該多研讀有關日語文法當中，哪些表達方式會有同時存在好幾種一般人難以區分的用法，設法在詞句的選擇方面多下功夫，讓一萬個人看了你的文章之後，頭腦裏面所想的是同一件事。而不是像在寫小說一樣，任憑每位讀者去自由想像。

正如前面所述，由於「て形」的用法、意思非常分歧，對於很容易誤解的地方，應儘量避面使用「て形」。

例如，如果你寫成：

CLS と打ち込んで、 RETキーを押す。

（輸入CLS 之後，再按 RET鍵）⇨此「て」是順序動作的意思。

但是如果你寫成：

CLS と打ち込んで、画面を消す。

（藉輸入CLS ，使畫面消失）　⇨此「て」就變成方法的意思了

萬一讀者把你的意思曲解成「順序動作」的的話，他在銀幕上打完 CLS之後，一定會想「下一步要怎麼樣才能使畫面消失呢？」，造成電腦使用者的迷惑。因此操作手冊的撰寫人，一定不能有「這種事情用常識想就知道的嘛！」的觀念。應該把使用者都當成是「外行人」，下筆之前把各種可能發生的誤解，運用豐富的日語文法知識來加以避免。

例如，使「～てから」就可以正確無誤地表示順序動作了。

CLS と打ち込んでから、 RETキーを押す。
（輸入CLS 之後，再按 RET鍵）

ESC キーを押してから、 Tを押す。
（按完ESC 鍵之後，再按 T鍵）

至於要正確無誤地讓人知道，你的意思是要表示「方法」的話，我想還是在「名詞」後面，直接加上格助詞「で」，最保險吧！

CLS で画面を消す。　　　　　（利用CLS 鍵，使畫面消失）

ESC でメニュー画面を出す。（利用ESC 鍵，使操作指令的
　　　　　　　　　　　　　　　　畫面出現）

◎　要怎樣説明最佳呢？

　例如要進入「漢字輸入模式」，如果你的操作説明寫成：

CTRLキーを押して、XFERキーを押します。

的話，對絕大多數的電腦初學者而言，一定會想成：
「先按CTRL鍵，手指離開，再按XFER鍵」

　可是電腦却不聽使喚，顯然這樣操作並不正確。如果改個方式
來寫。

CTRLキーを押しながら、XFERキーを押します。

　結果，意思變成「一面按CTRL鍵一面按XFER鍵」

如此一來，讀者心裡一定解釋為「CTRL鍵和XFER鍵同時按下去」。
看起來好像沒有問題了，但如兩隻手指按的時機，稍微有點偏差
的話（例如先按了XFER鍵0‧01秒），可能會造成你所料想像不到
的畫面出現。
　你即使再修改成為下一句，也好不到那裏去。

CTRLキーとXFERキーを同時に押します。
（將CTRL鍵和XFER鍵，同時按下去）

　難道説全部的日語裏面，居然造不出一句話，能夠把進入「漢
字輸入模式」的「鍵盤操作指令」，寫得不會讓讀者出差錯嗎？
「～て」和「～ながら」都眞的派不上用場嗎？

２１ 連體修飾

「連體修飾詞（或連體修飾子句）＋名詞」的形式稱為「連體修飾構造」。而這個名詞稱為「被修飾詞」。

太郎が喫茶店で女友達とコーヒーを飲んだ	
（a） 　　　　　喫茶店で女友達とコーヒーを飲んだ	太郎
（b） 太郎が　　　　　　　女友達とコーヒーを飲んだ	喫茶店
（c） 太郎が喫茶店で　　　　　　　コーヒーを飲んだ	女友達
（d） 太郎が喫茶店で女友達と　　　　　　　飲んだ	コーヒー

	太郎	在咖啡廳	和女朋友	喝咖啡。	
（a）		在咖啡廳	和女朋友	喝咖啡的	太郎
（b）	太郎		和女朋友	喝咖啡的	咖啡廳
（c）	太郎	在咖啡廳		喝咖啡的	女朋友
（d）	太郎	在咖啡廳	和女朋友	喝 　 的	咖啡

（1）內部關係的連體修飾

假設有「太郎が喫茶店で女友達とコーヒーを飲んだ（太郎在咖啡廳和女朋友喝咖啡）」這麼樣的一個句子。我們將這個句子的各個補語抽出來作為「被修飾詞」，所形成的連體修飾構造，共有上述的(a)～(d)這4種情況。觀察最上面的表，可以發現，原本位於圖中空白處的詞語都被抽調到句子的最右邊作為「被修飾詞」了。我們稱這種方式的連體修飾為"內部關係的連體修飾"。

一旦變成「被連體修飾詞」，該補語原先後面所接的格助詞就要被省略掉。例如：

(a) 「太郎が」　　　 的「が」省略了。〔主格的連體修飾〕
(b) 「喫茶店で」　 的「で」省略了。〔場所格的連體修飾〕
(c) 「女友達と」　 的「と」省略了。〔共同格的連體修飾〕
(d) 「コーヒーを」的「を」省略了。〔受格的連體修飾〕

四種連體修飾構造(a)～(d)之中，(a)和(d)的意思最容易了解，(c)所具體代表的意思看不太懂。(b)則介於二者之間。換言之，主格和受格的連體修飾意思容易瞭解，其次是場所格，最難瞭解的是共同格。

連體修飾子句因為本身也是句子，所以可以如下表所示地，成為另外一個句子的一部分。

私は	喫茶店で女友達とコーヒーを飲んだの	太郎	を知っている
	太郎が　　　　女友達とコーヒーを飲んだの	喫茶店	は新宿にある
	太郎が喫茶店で　　　　コーヒーを飲んだの	女友達	は花子の親友だ
	太郎が喫茶店で女友達と　　　飲んだの	コーヒー	はおいしかった

我認識	在咖啡廳和女朋友喝咖啡的	太郎	
	太郎　　　和女朋友喝咖啡的	咖啡廳	位於新宿
	太郎在咖啡廳　　　喝咖啡的	女朋友	是花子的好朋友
	太郎在咖啡廳和女朋友喝　的	咖啡	很好喝

（2）外部關係的連體修飾

下面的例子是讓「太郎が喫茶店で女友達とコーヒーを飲んだ（太郎在咖啡廳和女朋友喝咖啡）」的句子，不抽出任何的補語成分（因此表中不會留空白）。而另外找其他的補語（不在原先句子中）做為「被修飾詞」，這種構造稱做“外部關係的連體修飾”。

私は	太郎が喫茶店で女友達とコーヒーを飲んだ	こと	を知っている。
	太郎が喫茶店で女友達とコーヒーを飲んだ	帰り	に花子に会った。
	太郎が喫茶店で女友達とコーヒーを飲んだ	という噂が	広まった。

我知道	太郎在咖啡廳和女朋友喝咖啡的事情。	
	太郎在咖啡廳和女朋友喝咖啡的歸途中	去找花子。
	太郎在咖啡廳和女朋友喝咖啡的謠言	滿天飛。

　　在外部修飾關係方面，到底要不要加上「という（這種，這個）」，是一個相當困擾人的問題。

　　如果是「內部修飾關係的連體修飾」，可以利用「關係代名詞‧關係副詞」來做機械式的翻譯。但對於「外部關係的連體修飾」，就很難做到公式化的機械式翻譯了。這其實也正是我們為什麼要把內部和外部的連體修飾構造，區分得那麼清楚的主要原因。因為這樣才能依其特性，選擇最適合的翻譯法。

（3）和外部關係混淆不清的情形

　　如果把句子改成：

私は、太郎が喫茶店で女友達とコーヒーを飲んでいた時間に、家でテレビを見ていた。

（我，當太郎在咖啡廳和女朋友喝咖啡的那段時間裡，在家裏看電視）⇨（當太郎在咖啡廳和女朋友喝咖啡的時候，我在家裏看電視）

太郎が喫茶店で女友だちとコーヒーを飲んでいた　時間

（太郎在咖啡廳和女朋友喝咖啡的　期間）

這一部分，到底應該算是「內部關係」呢？還是「外部關係」？

其實，如果我們把句子改為：

太郎が喫茶店でその時間に女友達とコーヒーを飲んでいた。
（太郎在那段期間裏正在咖啡廳和女朋友喝咖啡）

太郎が喫茶店で　　　　女友達とコーヒーを飲んでいた時間
（太郎在咖啡廳和女朋友喝咖啡的　那段時間）

依上述的句子轉換過程來考慮，當然還是屬於「內部關係」了。

（4）表示相對關係的名詞作為「被修飾詞」的情形

下面的例子雖然也是「內部修飾關係」，但是和典型的「內部修飾關係有點不同。

> 塔が立っている右側に切符売り場がある。
> （在塔聳立處的右邊有售票處）

這句子裏面的「塔が立っている右側（塔的右邊）」，一般人會認為，這應該是由「塔は右側に立っている（塔位於右邊）」所演變而來的連體修飾吧？答案是「錯了！」。應該是由「塔が立っている場所の右側（塔所在的位置的右邊）」演變而來才對。

私たちは，塔が立っている場所で写真を写した。
（我們在塔聳立的位置那邊照了相）

與上句比較看看，就很清楚了吧！這裡的「塔が立っている場所（塔聳立的位置）」，才是由「塔はその場所に立っている（塔聳立在那個位置）」變化而來的「一般性的連體修飾」。

相對關係名詞的連體修飾	一般性的連體修飾
~~塔が右側に立っている~~	塔がその場所に立っている
塔が　　　立っている右側	⇩
⇩	塔が　　　　立っている場所
塔が立っている場所の右側	

像上表的左欄這種表示位置相對關係的「右」或「左、上、下、前、後」等的名詞作為「被修飾詞」的連體修飾，因為和平常一般性的連體修飾不一樣，所以必須要特別注意。下面的例子也有同樣的情形。

> 鈴木君が住んでいる二階に高橋君が住んでいる。
> （高橋先生住在鈴木先生所住的那棟建築的二樓）
>
> 芽が出たあとに実がなります。
> （發芽了一段時間之後，就會結果了）

（5）形容詞子句的「が」要換成「の」？

連體修飾子句中的主語，雖然通常用「が」來表示，但一般的日語教科書還特別提出來強調，這時候的「が」應該改成「の」才對，經常列為考試的重點。其實，我發現有時候不改還好，改了反而錯了。與其如此，我建議還是固定用「が」比較保險，因此我常告訴學生「知道有這麼一回事就好，別太鑽牛角尖」。這個問題對於「閱讀日文」的朋友，倒是非常重要，因為可幫助了解文意。不論如何，「が」有時候可換成「の」，的確是日語中一個有名的文法現象。

(1)　太郎が飲んだコーヒー＝太郎の飲んだコーヒー
　　　（太郎所喝過的咖啡）

(2)　塔が立っている右側　＝塔の立っている右側
　　　（塔所豎立處的右邊）

(3)　太郎が喫茶店で女友達と飲んだコーヒー
　　　（太郎在咖啡廳和女朋友所喝過的咖啡）

(4)≠　太郎の喫茶店で女友達と飲んだコーヒー
　　　（在太郎的咖啡廳和女朋友所喝過的咖啡）

（1）和（2）句，把「が⇒の」一點都不會改變意思，但（3）和
（4）句，雖然只是「一字之差」，意思可就「差之千里」了。
試比較下句。

誰かが太郎の喫茶店で女友達と飲んだコーヒー
（某個人在太郎的咖啡廳和女朋友喝過的咖啡）

２２ 「～たり ～たり する」
—— 動作的列舉

<ruby>日曜日<rt>にちようび</rt></ruby>にどんなことをしますか。
（星期天要做什麼呢？）
<ruby>日曜日<rt>にちようび</rt></ruby>には<ruby>本<rt>ほん</rt></ruby>を<ruby>読<rt>よ</rt></ruby>んだり、テレビを<ruby>見<rt>み</rt></ruby>たり、<ruby>買<rt>か</rt></ruby>い<ruby>物<rt>もの</rt></ruby>をしたり
します。（星期天要讀書啦、看電視啦、買東西啦）

（１）「たり」形

「たり形」是由「過去形」的「～た」再加上「り」所形成的。

	基本形	過去形	たり的形式
五段動詞	読む	読んだ	読んだり
否定形		読まなかった	読まなかったり
一段動詞	食べる	食べた	食べたり
否定形		食べなかった	食べなかったり
不規則動詞	来る	来た	来たり
〃	する	した	したり
い形容詞	強い	強かった	強かったり
否定形		強くなかった	強くなかったり
な形容詞	静かだ	静かだった	静かだったり
名詞＋だ	男だ	男だった	男だったり

（２）「たり」形的意思 —— 動作的列舉

「たり」形的意思，最基本的是像「本を読んだり、テレビを見たりする（看書啦或看電視啦）」，表示動作項目的列舉。通常最普遍的形式是二組「たり」

～たり ～たり する

但也有三組「たり」

～たり ～たり ～たり する

甚至還有一組「たり」的

～たり する

這時候，雖然只有一個「たり」，事實上，它帶有暗示其他情況的意思在內，中文可譯為「諸如此類」的意思。

たり的數目	備　考	例　　句
1個	暗示其他的動作	本を読んだりします。 （讀書或什麼的）
2個	[基本形]	本を読んだり、テレビを見たりします。（讀書，或看電視）
3個	動作的列舉	本を読んだり、テレビを見たり、買い物をしたりします。（讀書啦、看電視啦、買東西啦）

（３）相對的動作

「たり形」在列舉動作的時候，其動作之間往往是成對的。

泣いたり、笑ったりする。（又哭又笑） 歌ったり、踊ったりする。（又唱又跳）

有時候，也可列舉正反相對的動作項目。

戸を	押_おしたり、引_ひいたりする。	（把門又推又拉）
戸を	開_あけたり、閉_しめたりする。	（把門又開又關）
あかりを	つけたり、消_けしたりする。	（把燈又開又關）
	立_たったり、すわったりする。	（一下站一下坐）

甚至，肯定句和否定句也可以拿來並列。

したり、しなかったりする。	（有時做，有時不做）
見_みたり、見_みなかったりする。	（有時看，有時不看）

（4）形容詞、名詞的情況

　　形容詞、名詞＋「だ」的「たり形」很少被使用。因為，形容詞、名詞的情況，「"動作"的列舉」這種說明方式並不適用。下面的a句的講法很少有人用，通常都採用b這種方式的說法。

①a？勝_かつのは　赤組_{あかぐみ}だったり、白組_{しろぐみ}だったり　します。
　　？（勝利的隊伍，有時候是紅組，有時候是白組）
　b　赤組_{あかぐみ}が勝_かったり、白組_{しろぐみ}が勝_かったり　します。
　　（有時候紅組勝，有時候白組勝）

②a？事故_{じこ}を起_おこしたのは　列車_{れっしゃ}だったり、船_{ふね}だったり、飛行_{ひこう}

機_きだったり　しました。
（發生事故的，有時是火車，有時是輪船，有時是飛機）
　b　列車_{れっしゃ}や船_{ふね}や飛行機_{ひこうき}が事故_{じこ}を起_おこしました。
　　（火車、輪船、飛機都會發生事故）

③a？私は　病気だったり、元気だったり　しました。
（我有時候是處於生病狀態，有時候是處於健康狀態）

　b　私は　病気になったり、元気になったり　しました。
（我有時生病，有時精神很好）

換言之，我們應儘量採用下列的方式來代替，比較像日文。

---

① 以動詞為述語的句子。

② 用「や」來連接「名詞」。

③ 改用「～なる」的形式來表示狀態。

---

23 「相態（*Aspect*）」的文法

（1） 「相態（Aspect）」是由俄文的 В И Л 演變來的

　　想要讓讀者瞭解日語文法中的「相態」觀念，必須把這個用詞的來源？以及它使用的時機？用來描述什麼現象？具體地對學習者講解，為了對照方便起見，就以我們所熟悉的外國語（英文等）的例子來說明吧！當然日語的「相態」觀念不完全和外國語言雷同，不過借助外國語言來學習，一向是很有助益的。

　　「相態」的概念原本是屬於以俄文為首的斯拉夫語系的東西。在俄文裏頭，有所謂的「不完成體」和「完成體」的區別，俄國人就把這種區別稱為В И Л。英文再將之翻譯為Aspect，然後日本人再改寫成片假名的「アスペクト」，這就是日語中「相態」觀念的由來。

　　另外，有些人直接把В И Л翻譯成日語，這時候的譯名稱為「体」，但是這個用詞似乎只有在俄文的語言學中才使用。

（2） 最原始的「相態」————
其用法的區分是根據說話者內心狀態的不同

　　如果你問日本人：「昨天做了什麼事？」，你所得到的回答，可能是「本を読んだ（念了書）」，或是「本を読んでいた（在念書）」這兩種答案。

　　「本を読んだ（念了書）」是把動作「當做一個整體」地提出。「本を読んでいた（在念書）」則是在內心裏面，一面想像該動作的過程，一面說話。前者是完成體的「相態」，而後者是不完成體的「相態」。

　　正如上面所述，對於同一個事實，有時候是以「本を読んだ（念了書）」的方式，不理會（不重視）細部的個別動作，只顧把整件事情用一個動作（動詞）作代表，描述出來。另外，有時

候用「本を読んでいた（在念書）」的方式，以回味當時情景的心態，一邊逐次確認其動作的細部內部構成，一邊來表達。這就是「相態」的用法區分。

使用不同的「相態」，並不是為了要區別這二件事實本身有什麼差異，才特意加以比照對應的。完全是根據説話者在當時是想要以怎樣的心情表達，而選擇不同的「相態」。這種區別就是「相態」最原始意思。

不完成體	過去	「本を読んでいた」	一邊想像動作的過程一邊説話。
完成體	過去	「本を読んだ」	把動作當做一個整體地提出來。

（3）「相態 (Aspect)」和「時式 (Tense)」的混淆

斯拉夫語系以外的歐州語言，如英語、德語、義大利語等，已經不太使用類似「相態 (Aspect)」這種用詞了。這是因為，目前「相態」已被編入「時式 (tense ＝動詞的時態)」的系統裡面了。

在英語中「読んでいた」相當於「Past Progressive（過去進行式）:he was reading 」，「読んだ」就是「Past（過去式）:he read」。

義大利語中「読んでいた」是相當於「Imperfetto:leggeva」，「読んだ」則成為「Passato Remoto:lesse」了。

在義大利語中，「Imperfetto（被翻譯成「半過去」）」也好，「Passato Remoto（被翻譯成「遠過去」）」也好，都一起被視為時式的一員。換言之，「相態」和「時式」這兩個觀念已被混為一談了。

至於義大利語，沒有像英語那樣的「進行式」嗎？其實，有是有，但已不太使用了。稱為「sta leggendo」。

由於要把英語和義大利語的例句逐一比對，很難看得懂，乾脆製成表格，將各自的時式系統對照地表示出來。（下一頁）

相對於英語的過去式，義大利語有二種。我想這是因為雖然被納入「時式」中，實際上「相態」的區別還是存在的緣故。

英語中「完成式」是「have＋過去分詞」。義大利語中也有相對應的東西。正如義大利語中過去式有二個，過去完成式也有二個。就是「Trapassato Prossimo 和Trapassato Remoto 」。

英語		イタリア語	
Present	he reads	Presente（現在）	legge
Past	he read	Passato Remoto（遠過去） Imperfetto（半過去）	lesse leggeva
Present Progressive	he is reading		sta leggendo
Past Progressive	he was reading		stava leggendo
Present Perfect	he has read	Passato Prossimo（近過去）	ha letto
Past Perfect	he had read	Trapassato Prossimo（大過去） Trapassato Remoto（先立過去）	aveva letto ebbe letto

義大利語中，經常使用「近過去：ha letto」來代替「遠過去：lesse」。換言之，在義大利語中，相當英語的現在完成式是ha letto的形式。但是也應該可以用於過去式 read 的表現。

中學的英語課程，過去式和現在完成式的區別教得非常囉嗦。例如，現在完成式規定不能和表示過去式的用詞（如yesterday）一起使用等等。但是這只限於英語而已，義大利語、法語、德語都沒有這種情形，允許和表示過去式的詞語一起使用。甚至

如前述，現在完成式可以用來代替過去式，都是很正常的。

　　一般很籠統地談到歐洲語言，英語、德語、法語、義大利語之中，並不是英語最與衆不同。而且説所有歐洲的語言全部和英語差不多，也是很大的錯誤。因此把英語想成是所有外國語的代表，這當然也是無知的錯誤吧。

　　日本人在中學學英語的時候，分別把過去式翻譯成「読んだ」，把現在完成式譯成「読んでしまった」。但是，如果是以日語的時態觀念來考量的話，其實兩句用「読んだ」都應該算對。

（４）日語教育中「補助動詞」的用法

　　説來説去，在日文文法的教學上，特別是對於外國人的日語教育，教「相態」的觀念，其實就等於在教「補助動詞」的用法。因此，下面的章節，對特別針對補助動詞「～ている／てある／ておく／てしまう／てくる／ていく」來説明。

２４「補助動詞」的文法

「いる・ある・おく・しまう・くる・いく・みる」，這幾個「動詞」，除了可以單獨時使用充當「述語」之外，另外還有作為「補助動詞」的用法。

本動詞／原動詞	補助動詞
木の上に鳥が**いる**。 （樹上有鳥）	木の上で鳥が鳴いて**いる**。 （鳥在樹上叫着）
机の上に本が**ある**。 （桌子上有書）	窓が開けて**ある**。 （窗戶已經打開着）
テーブルの上にお皿を**おく**。 （把煙灰缸放在桌子上）	窓を開けて**おく**。 （讓窗戶開着）
冷蔵庫の中にチーズを**しまう**。 （把乳酪收進冰箱中）	料理を食べて**しまった**。 （把菜全部吃完了）
朝手紙が**来た**。 （早上信來了）	東の空が明るくなって**きた**。 （東邊的天空漸漸亮起來了）
彼女は工場へ**行った**。 （她去工廠了）	しだいに消えて**いった**。 （漸漸消失下去了）
テレビを**見る**。 （看電視）	調べて**みましょう**。 （查看看吧）

表的左側欄，所舉的例句中的動詞，都是被當做一個「單獨的述語」來使用。我們稱之為「被當作本（原）動詞來使用」。而右側欄中，同一個動詞却都是被當做「補助動詞」來使用的例句。

換言之，這些句子中的「いる、ある、おく」等，它們的前面還有另外一個「本動詞」的「て」形，構成「**本動詞＋て＋補助動詞**」的結合關係。這時候的「いる、ある、おく」等，已經失去原來的意思，或者是原來的意思變弱，變成一種具有類似「助動詞」功能，用來補助前面所接的本動詞，使其產生某種特定的文法作用，像這種使用法，我們稱之為「**被當作補助動詞來使用**」。

到底是被當作本動詞來使用呢？還是被當作補助動詞來使用呢？甚至有時候還有介於這兩者之間的情況。實在很微妙！一般來說，外國人學日文沒有相當的火侯，恐怕很難真正體會其中的奧密。

譯者對「補助動詞」曾下過一番工夫，拙作『日文閱讀翻譯要領』的第３冊，便是以「補助動詞」為研究對象，寫了近400 頁，有興趣的朋友可以參考。

25 「～ている」的意思

[1] 花子は手紙を書いている。　　　　　　　　【進行】
　　（花子正在寫信）

[2] 花子の部屋の窓が開いている。　　　　　　【結果】
　　（花子房間的窗戶開著）

[3] 花子の部屋は南に面している。　　　　　　【性質】
　　（花子的房間面向南方）

[4] 花子は学生時代に富士山に登っている。　　【經驗】
　　（花子在學生時代曾經爬過富士山）

[5] 花子は毎日ワープロで日記を書いている。　【習慣】
　　（花子每天用文書處理機寫日記）

（1）問題的所在

　　「花子は手紙を書いている（花子正在寫信）」中的「～ている」是表示進行的狀態。但「窓が開いている（窗戶開著）」的「～ている」卻是表示結果的狀態，為什麼會這樣？我想這是因為動詞的性質有所不同所致。利用機械進行翻譯的時候，只要事先將各個動詞做記號標示清楚，即可區分這兩種「～ている」譯法的不同。在此，我們就各自將「書く」取名為「繼續動詞」，，「開く」取名為「瞬間動詞」，分別考慮其用法有何不同。

（2）繼續動詞和瞬間動詞

　　接下來的問題是，什麼動詞是繼續動詞？什麼動詞是瞬間動

詞？有沒有一套簡單的辨別方法？根據我的經驗，下面所示的公式非常有效。依「動作發生的形成過程」不同，來區分。

読む⇨	読んでいる⇨	読んだ	⇨繼續動詞
開く⇨	開いた ⇨	開いている	⇨瞬間動詞

一個動作，如果在用「～る」（現在式）所表現的狀態和用「～た」（過去式）所表現的狀態之間，有可以用「～ている」來表現的狀態存在的時候，這種動詞就是「繼續動詞」。另外，有一種動詞，從用「～る」來表現的狀態到用「～た」來表現的狀態之間，因為動作由「要發生」到「已發生」這兩點之間時間距離太短，短到「一發生，立刻就結束」的地步，根本來不及掌握到「正在～」的狀態，這種動詞，由於其變化是「在瞬間進行」所以取名為「瞬間動詞」。

（3）結果動詞

但是，另外還有一種動詞，它的變化並非在瞬間進行的，然而它的「～ている」也並不表示進行的狀態，而是和上面的「開いている」一樣，用來表示結果的狀態，例如「ふとる（胖）」便屬於這個動詞。其動作的演化過程如下：

ふとる ⇨	ふとった ⇨	ふとっている

換言之，「ふとっている（很胖）」是在描述「ふとった（胖了）」的結果狀態。絕對不是在講「胖」這個動作的過程。但是，從「ふとる」到「ふとった」之間也不可能會有「瞬間進行」的道理。〔註：胖這個動作的過程應該用「ふとってくる（漸漸胖起來）」或是「ふとっていく（一直胖下去）」來表示才對吧！〕

因此與其計較說，動詞是不是屬於「瞬間進行」的或怎麼樣，還不如把注意力的焦點放在「觀察該動詞的結果，是否有被存留下來」，更加週密。因此，以後別再管什麼「瞬間動詞」了，今

後凡是屬於具有「～る⇨ ～た⇨ ている」這種表示「動作的結果狀態」特徵的動詞，我們一律改稱呼為「結果動詞」，比較適切。

（4）主要的繼續動詞

読む（讀）・書く（寫）・話す（說）・聞く（聽）

見る（看）・食べる（吃）・飲む（喝）・働く（做事）

遊ぶ（玩）・売る（賣）・買う（買）・歌う（唱）

踊る（跳舞）・泣く（哭）・笑う（笑）

歩く（走）・泳ぐ（游泳）・走る（跑）・流れる（流）

思う（想）・考える（想）・心配する（担心）・願う（要求）

望む（期望）・信ずる（相信）・喜ぶ（高興）

住む（住）・待つ（等）・休む（休息）

［雨が］降る（下雨）・［火が］燃える（火燒）

（5）主要的結果動詞

開く（開）・閉める（關）・付く（加上）・折れる（折斷）

壊れる（壞）・倒れる（倒下）・並ぶ（並排）・取れる（脫落

外れる（脫落）・残る（留下）・曲がる（彎）

太る（胖）・痩せる（瘦）・結婚する（結婚）・死ぬ（死亡）

知る（知道）

行く（去）・来る（來）・出る（出來）・入る（進去）

乗る（乘坐）・落ちる（掉下）

立つ（站）・坐る（坐）・起きる（起床）・寝る（睡）

着る（穿衣）・履く（穿鞋）・被る（戴帽）・持つ（拿）

抱える（抱）・背負う（背）・担ぐ（擔）

（6）「〜ている」的實例

[1] 進行的状態（繼續動詞）

花子は手紙を書いている。	花子正在寫信。
太郎は本を読んでいる。	太郎正在念書。
太郎は歌を歌っている。	太郎正在唱歌。
花子はプールで泳いでいる。	花子正在游泳池游泳。
雨が降っている。	正在下雨。
火が燃えている。	火正在燃燒。

[2] 結果的状態（結果動詞）

花子の部屋の窓が開いている。	花子房間的窗戶開著。
太郎の部屋の電気がついている。	太郎房間的電燈開著。
戸が閉まっている。	門關著。
百合子は痩せている。	百合子很瘦。
花子はそのことを知っている。	花子已經知道那件事。
いま家にお客が来ている。	現在家裡有客來訪。

太郎は立っている。　　　　　　太郎站著。

次郎はすわっている。　　　　　　次郎坐著。

三郎は派手なシャツを着ている。　三郎穿著鮮艷的襯衫。

[3] 本來的性質狀態（一開始就一直如此）

花子の部屋は南に面している。　　花子的房間面朝南方。

花子は菊子に似ている。　　　　　花子很像菊子。

山がそびえている。　　　　　　　山很高（山聳立）。

銅貨は丸い形をしている。　　　　銅幣呈圓形。

[4] 經驗（與動詞的種類無關）

花子は学生時代に富士山に登っ　　花子在學生時代，爬過
ている。　　　　　　　　　　　富士山。

去年一度小川先生にその話を聞い　去年曾向小川老師打聽
ている。　　　　　　　　　　　過那件事。

[5] 習慣・反覆（與動詞的種類無關）

花子は毎日ワープロで日記を書い　花子每天用文書處理機
ている。　　　　　　　　　　　寫日記。

その地域では今も戦争で日に何人　該地區現在每天都有好
　　　　　　　　　　　　　　　幾個人因為戰爭而死亡。
もの人が死んでいる。

（7）五種意思之間的關係

「～している」的基本意思是[1] 進行的狀態和[2] 結果的狀

態。這兩種意思，可以根據所謂的繼續動詞和結果動詞的區分，而產生各自不同的意思。

[3] 這種表示本來的性質狀態的動詞，其本質根本就是形容詞。翻譯成英語時都會改用形容詞來翻譯。我們可以藉着在「似る、そびえる」這類動詞上做上記號，翻譯成中文時，只要加上「很～」即可。「～形をしている」和「～形だ」意思差不多。而這個「形」前面一定要有「連体修飾詞」，換言之，不可以說「銅貨は形をしている」，而一定要說「銅貨は丸い形をしている（銅幣呈圓形）」。這句話和「銅貨は丸い（銅幣很圓）」的意思幾乎完全相同。

[4] 表經驗的用法，與動詞的種類無關。只要看到句子中有「學生時代、去年」這種表示過去的用詞，便能感覺到有這種意思。

[5] 表動作的反覆（習慣）的用法，也與動詞的種類無關。結果動詞在這種用法中，可以很清楚地表示出這種意思。但對於繼續動詞而言，到底是表示[1] 進行狀態的意思，還是[5] 反覆的意思，則比較不容易區別。

２６ 連體修飾子句的「時・相」

> 夜寝る時『おやすみなさい』と言います。
> （晚上要睡覺的時候說『晚安』）
> 朝起きた時『おはようございます』と言います。
> （早上起床的時候說『早安』）

「読んだ（看了）、食べた（吃過了）」等的「た形」，它的基本用法都是用來表示「過去」。但是，在連體修飾子句中，因為會出現和所謂的「時式」不同的表現法，必須特別注意。

在整個句子中扮演「連體修飾」的部分句叫做什麼呢？連體修飾子句？或者叫從屬句？或者叫副句？在英文文法中的正式名稱叫做從屬子句（Subordinate Clause）。德語文法中叫做副句（Nebensatz）。在此我們統一稱為「連體修飾子句」，或簡稱「修飾句」。

（１）連體修飾子句的時式

我覺得用前面標題開頭的兩個例句，最適合用來說明修飾句中的「～た」的正確使用法。下面我們就分別由「時式（Tense）・相態（Aspect）」兩方面來檢討。

1. 夜寝る時『おやすみなさい』と言います。
   （未完）　　　　　　　　　　（現在）
   （晚上要睡覺之前，要說『晚安』）

2. 朝起きた時『おはようございます』と言います。
   （完成）　　　　　　　　　　（現在）
   （早上起床以後，要說『早安』）

在1.和2.的句子（主要句）中的時式，是採用現在式（言います）。這種現在式是用來表示習慣性的動作。那麼，修飾句中的「寝る、起きた」又是怎麼一回事呢？

在1.中，動作的時間順序是「説⇨睡覺」。也就是説，是在睡覺前説『晚安』。因此，我們可以認為「ねる（要睡覺）」是表示未完成的動作（當然是還没睡着之前才會説話）。

在2.中，動作的時間順序是「起床⇨説」。也就是在起床後才説『早安』的。因此，「おきた（起床）」被認為是表示已完成的動作。

其次，我們來考慮一下，主要句的時式採用過去式的情況。

3. 夜寝る時『おやすみなさい』と言いました。
     （未完）   （過去）

（晚上要睡覺之前，説過『晚安』了）

4. 朝起きた時『おはようございます』と言いました。
      （完成）   （過去）

（早上起床以後，説過『早安』了）

主要句採用過去式的時候，是表示某個特定的人在過去特定的時間的動作。在這種情形下，修飾句中的述語「ねる、おきた」仍然和剛才一樣，以現在和過去的形式，分別表示動作的未完和完成。一般來説，在日語中，即使是「主要句」變成過去式，「修飾句」的時式也没有跟著變化的必要。（例如3.和4.）。

但是，有些時候，修飾句的時式也會跟着主要句的時式而變化。如下面所示。

5. 夜寝た時『おやすみなさい』と言いました。
     （過去）   （過去）

（記得晚上睡覺的時候，説過『晚安』了）

6. 朝<ruby>起<rt>あさ お</rt></ruby>きた<ruby>時<rt>とき</rt></ruby>『おはようございます』と<ruby>言<rt>い</rt></ruby>いました。
　（過去）　　　　　　　　　　　　　　　　（過去）
（記得早上起床的時候，說過『早安』了）

　4.和6.的形式雖然相同，但是意思卻不同。也就是說當我們把「ねた、おきた」解釋為「過去」的意思時，是指在過去的特定時間，曾經有「ねた、おきた」的動作發生過。

　5.的「ねた」是過去式，不能解釋成「完成」的意思。如果解釋成「完成」的意思，豈不是這個人在「ねた（睡着了）」之後還在說『晚安』不成。下面例子中的「ねた」才能解釋成「完成」的意思。

7.　夜<ruby>寝<rt>よる ね</rt></ruby>た<ruby>時<rt>とき</rt></ruby>、<ruby>夢<rt>ゆめ</rt></ruby>を<ruby>見<rt>み</rt></ruby>ました。　　　（晚上睡着以後會做夢）
　（完成）　　　　　（過去）

　換言之，當然一定是睡覺之後才做夢。這時候把它解釋成過去的「ねた」，也沒什麼不對。

8.　夜<ruby>寝<rt>よる ね</rt></ruby>た<ruby>時<rt>とき</rt></ruby>、<ruby>夢<rt>ゆめ</rt></ruby>を<ruby>見<rt>み</rt></ruby>ました。　　　（記得晚上睡覺時做過夢）
　（過去）　　　　　（過去）

　就像4.和6.的形式雖同，但意思不同，一樣的情況，7.和8.也是形式相同意思不同。不過，5.中的「ねた」只有過去的意思，不可能有完成的意思。這個道理和1.的說法不能變換說成以下的說法一樣。否則豈不是變成「晚上睡着以後，要說『晚安』」這麼離譜的句子了嗎？

　×　夜<ruby>寝<rt>よる ね</rt></ruby>た<ruby>時<rt>とき</rt></ruby>『おやすみなさい』と<ruby>言<rt>い</rt></ruby>います。
　　　（完成）　　　　　　　　　　　　　（現在）

【問題１】
　下面是常被用於教學上，一些很有名的例句。請細心思考，每個句子中，是在哪裡買的皮包呢？

(1) アメリカへ行く時、　かばんを買う。
(2) アメリカへ行った時、かばんを買う。
(3) アメリカへ行く時、　かばんを買った。
(4) アメリカへ行った時、かばんを買った。

【問題２】

下面的句子中，哪些句子是正確的？為什麼是這樣呢？請想想看。

(1)	ご飯を食べる時　箸を使う。	要吃飯時要使用筷子。
(2)	ご飯を食べる時　手を洗う。	要吃飯時要洗手。
(3)	ご飯を食べる時　歯を磨く。	要吃飯時要刷牙。
(4)	ご飯を食べた時　箸を使う。	吃過飯時要使用筷子。
(5)	ご飯を食べた時　手を洗う。	吃過飯時要洗手。
(6)	ご飯を食べた時　歯を磨く。	吃過飯時要刷牙。

（２）連體修飾句的相態（Aspect）

その人は眼鏡を掛けています。	那個人戴著眼鏡。
⇨眼鏡を掛けている人	戴著眼鏡的人
⇨眼鏡を掛けた　　人	＝戴了眼鏡的人
その人は本を読んでいます。	那個人在念書。
⇨本を読んでいる人	在念書的人
≠本を読んだ　　人	≠念過書的人

如上面例句所示，有些連體修飾子句中，可以把「～ている」改為「～た」，意思不會變。但有些情況，意思整個都變了。什麼情況下意思會整個改變，怎樣的情況下意思不會變，是我們關

心的問題。

　原則上，述語即使改變其在句中的位置，成為連體修飾子句中，位於被修飾的名詞前面的「連體修飾成分」時，也可以直接把它原來在主要子句時的「時式」帶過去，絲毫不必改變。就如下面的句子，是最普遍的一種情況。

その人は本を読んでいる （那個人在念書）	⇒　本を読んでいる人 （在念書的人）

但是如果變成下面的句子，當然意思會全變了。

その人は本を読んでいる （那個人在念書）	⇒　本を読んだ人 （念過書的人）

　像「読む（讀）」這類的「繼續動詞」情況時，「～ているＮ」和「～たＮ」當然不可能表示同一件事情。

　「～ているＮ」和「～たＮ」會表示差不多意思相同的事情，只有在「結果動詞」的情況下才會發生。然而，也並不是所有的結果動詞都會如此。例如：

その人はあそこに立っている　　（那個人正站在那邊）
　⇒　あそこに立っている人　　（正站在那邊的人）
　≠　あそこに立った人　　　　（曾經站在那邊的人）

　「～ているＮ」和「～たＮ」會表示相同意思的情況，比較有名的例子，除了剛才的「（眼鏡を）掛ける（戴眼鏡）」以外、還有「着る（穿）、かぶる（戴）、はく（穿）、（ネクタイを）しめる（打領帶）、（ネクタイを）する（打領帶）、（手袋を）はめる（戴手套）」等這些表示穿着的動詞。

あの娘は赤いセーターを着ている。 那女孩穿着紅毛衣	赤いセーターを着ている娘 穿着紅毛衣的女孩	赤いセーターを着た娘 穿了紅毛衣的女孩

あの男<ruby>男<rt>おとこ</rt></ruby>はヘルメットをかぶっている。 那男人戴安全帽	ヘルメットをかぶっている男 戴着安全帽的男人	ヘルメットをかぶった男 戴了安全帽的男人
あの女<ruby>女<rt>おんな</rt></ruby>は細<ruby>細<rt>ほそ</rt></ruby>いスラックスをはいている。 那女孩穿窄褲子	細<ruby>細<rt>ほそ</rt></ruby>いスラックスをはいている女 穿着窄褲子的女孩	細<ruby>細<rt>ほそ</rt></ruby>いスラックスをはいた女 穿了窄褲子的女孩
部長<ruby>部長<rt>ぶちょう</rt></ruby>は蝶<ruby>蝶<rt>ちょう</rt></ruby>ネクタイをしている。 部長打着蝴蝶結	蝶<ruby>蝶<rt>ちょう</rt></ruby>ネクタイをしている部長 打着蝴蝶結的部長	蝶<ruby>蝶<rt>ちょう</rt></ruby>ネクタイをした部長 打着蝴蝶結的部長

還有，一部分的結果動詞。

コーヒーが冷めている（咖啡冷了）	冷めているコーヒー 冷了的咖啡	冷めたコーヒー 冷了的咖啡
手拭<ruby>手拭<rt>てぬぐ</rt></ruby>いが乾<ruby>乾<rt>かわ</rt></ruby>いている 手巾乾了	乾<ruby>乾<rt>かわ</rt></ruby>いている手拭<ruby>手拭<rt>てぬぐ</rt></ruby>い 乾了的手巾	乾<ruby>乾<rt>かわ</rt></ruby>いた手拭<ruby>手拭<rt>てぬぐ</rt></ruby>い 乾了的手巾
空<ruby>空<rt>そら</rt></ruby>が澄<ruby>澄<rt>す</rt></ruby>んでいる 天空很清徹	澄<ruby>澄<rt>す</rt></ruby>んでいる空<ruby>空<rt>そら</rt></ruby> 清徹的天空	澄<ruby>澄<rt>す</rt></ruby>んだ空<ruby>空<rt>そら</rt></ruby> 清徹的天空

另外還有原本就一定要用「～ている」來表示狀態的動詞。

あの人<ruby>人<rt>ひと</rt></ruby>は変<ruby>変<rt>か</rt></ruby>わっている 那個人很奇怪	変<ruby>変<rt>か</rt></ruby>わっている人<ruby>人<rt>ひと</rt></ruby> 奇怪的人	変<ruby>変<rt>か</rt></ruby>わった人<ruby>人<rt>ひと</rt></ruby> 怪人
あの人<ruby>人<rt>ひと</rt></ruby>は猿<ruby>猿<rt>さる</rt></ruby>に似<ruby>似<rt>に</rt></ruby>ている 那個人很像猴子	猿<ruby>猿<rt>さる</rt></ruby>に似<ruby>似<rt>に</rt></ruby>ている人<ruby>人<rt>ひと</rt></ruby> 很像猴子的人	猿<ruby>猿<rt>さる</rt></ruby>に似<ruby>似<rt>に</rt></ruby>た人<ruby>人<rt>ひと</rt></ruby> 像猴子的人
この道<ruby>道<rt>みち</rt></ruby>は曲<ruby>曲<rt>ま</rt></ruby>がっている 這條路很彎	曲<ruby>曲<rt>ま</rt></ruby>がっている道<ruby>道<rt>みち</rt></ruby> 彎曲的道路	曲<ruby>曲<rt>ま</rt></ruby>がった道<ruby>道<rt>みち</rt></ruby> 彎曲的道路
この部屋<ruby>部屋<rt>へや</rt></ruby>は南<ruby>南<rt>みなみ</rt></ruby>に面<ruby>面<rt>めん</rt></ruby>している 這房間面向南方	南<ruby>南<rt>みなみ</rt></ruby>に面<ruby>面<rt>めん</rt></ruby>している部屋 面朝南的房間	南<ruby>南<rt>みなみ</rt></ruby>に面<ruby>面<rt>めん</rt></ruby>した部屋<ruby>部屋<rt>へや</rt></ruby> 南に面する部屋 面朝南的房間

この道はどこまでも 続いている。 這條路到處都通	どこまでも続い ている道 四通八達的路	×どこまでも続いた道 どこまでも続く道 四通八達的路

其中除了説「～たＮ」以外，有些也可以説「～るＮ」，相反地，不能説「～たＮ」而必須説「～るＮ」的情況也有。

總之，説「～ているＮ」都不會錯。所以建議學習者多多使用這種形式比較"安全"。没有必要特別的去教「～たＮ」或「～るＮ」，省得麻煩。我説的"安全"，是指當學習者在用日文作文時，絶對不會因為寫錯，而被老師打「×」的意思。

【答案】

［1］

(1)	在日本買	要去美國之前，要買皮包。
(2)	在美國買	去到美國之後，要買皮包。
(3)	在日本買	要去美國之前，買了皮包。
(4)	在日本買／在美國買	我過去去美國的時候， 曾經買了皮包。

［2］

(1)(2)	正確。		
(3)	奇怪。	〔～るとき＝～る前に〕	吃飯之前要刷牙？
(4)	奇怪。	〔～たとき＝～た後で〕	吃過飯之後要用筷子？
(5)	奇怪。	〔～たとき＝～た後で〕	吃過飯之後要洗手？
(6)	正確。		

154

27　「～てある」的意思

「～てある」的使用頻率雖少，但光是「書いてある」這種有效的表現，便有其存在的價值。

[1] 黒板に字が書いてある。	黑板上寫著有字。
[2] そのことはもう調べてある。	那件事已經調查過了。
[3] 風がよく入るように、窓が開けてある。	為了通風良好，窗戶早已事先打開了。

（1）關於「～てある」動詞的分類

在思考「～てある」的意思時，最重要的工作是要把動詞區分為「設置動詞」和「處置動詞」兩種。有關區別的要領，請參照「28　『～ておく』的意思」。

設置動詞的「てある」形，是表示　(1)結果的状態

處置動詞的「てある」形　是表示　(2)動作已經結束了

如果真的像上面的公式所示，這麼簡單地「二分法」，就能把各自的意思，分得一清二楚，實在太棒了。然而語言的問題似乎沒有那麼便宜的事情。

換言之，以動作的層次考慮的話，設置動詞有時候也可以被認為是表示處置的一種。因此設置動詞就可能同時存在有表示(1)和表示(2)的兩種情況。但，處置動詞絕對不行表示(1)。請特別注意。

用圖表來說明的話，正如下面所示。打圈的部分，代表能夠有意思的範圍。

	結果状態	動作的結束
設置動詞	○	○
處置動詞		○

（2）「～てある」的實例
[1] 對象的結果状態

能表示這個意思的只有設置動詞（表示把對象變化後的結果保留下來的動詞）。例如「置く（放）・入れる（放入）・しまう（收拾）・ならべる（排列）・書く（寫）・開ける（開）」等動詞皆屬之。

机の上に本が置いてある。	桌上放著有書。
冷蔵庫にビールが入れてある。	啤酒已放入冰箱裡。
金庫にお金がしまってある。	錢已收到保險櫃裡了。
店先に果物が並べてある。	店門口排列著有水果。
黒板に「消してはいけない」と書いてある。	黒板上寫著有『不准擦掉』的字。
窓が開けてある。	窗戶被開著。

不過，開頭的四個例句中，「ある」很像「本動詞」。

机の上に本が置いてある。 （桌上被放着有書）	⇨机の上に本がある。 （桌上有書）
冷蔵庫にビールが入れてある。 （啤酒已放入冰箱裡）	⇨冷蔵庫にビールがある。 （冰箱裡有啤酒）

156

金庫にお金が<s>しまっ</s>てある。 （錢已收到保險櫃裡了）	⇨ 金庫にお金がある。 （保險櫃裡有錢）
店先に果物が<s>並べ</s>てある。 （店門口排列著有水果）	⇨ 店先に果物がある。 （商店前面有水果）

　像上面左邊把「～て」的部分去掉後，意思幾乎完全相同。但下面的第二個例子，如果把「お金がしまってある（錢被收好了）」的「しまって」去掉，和剩下的「お金がある（有錢）」意思可就有天壤之別了。

　之所以會這樣，主要是由於「しまう」是具有「目的意識」的有意行為。同樣地，「果物がならべてある（水果被排着）」和「果物がつんである（水果被堆着）」這兩句的意思也非常明顯地和只說「果物がある（有水果）」的意思，有極大的不同了。總之，「ならべてある」中的「ならべて」還規定其存在的方法是用「排」而不是用「堆」的。

［2］動作的結束

　能夠表示這種意思的，主要是靠「處置動詞」，但是，正如前面（1）所述，設置動詞，由於其動作本身往往也可以被認為是一種處置的動作，所以也可以用來表示這種意思。

そのことはもう調べてある。	這件事情已經調查過了。
そのことはもう発表してある。	這件事情已經發表過了。
そのことはもう言ってある。	這件事情已經說過了。
7時までに店を開けてある。	在7點以前店早就開了。

［3］準備

　以上［1］［2］是屬於「相態」的意思。下面例句則是藉著

前後文的幫助，會帶有「準備」的意思。通常說這種話時，都有點「老神在在」的自信口氣。

日本に来る前に日本語を習ってある。	要來日本之前，已事先學過日語了。
よく練習してあるから、大丈夫だ。	因為早已充分練習好了，所以請放心。
風がよく入るように、窓が開けてある。	為了通風良好，早就把窗戶打開了。

（3）再談有關「ている」和「てある」的比較

窓が開いている。 （窗戶開著）	自動詞「て」＋いる	結果的狀態
窓が開けてある。 （窗戶被開著）	他動詞「て」＋ある	對象結果的狀態 暗示有主動者存在

在學「～てある」的用法時，必定會碰到的一個大問題，就是「窓が開いている」和「窓が開けてある」這兩句話之間，有什麼微妙的異同處？簡單地回答，可以利用上面的表來說明。任何人想當日語老師，這是一定會被學生問的老掉牙的問題。因此，市面上的日語參考書，都已提出自認為最標準的解答。所以在此我們來探討，學生為什麼經常會提出這個問題呢？

　在日語教育中，我們不做翻譯，所以盡量不要翻譯。
　在日語教育的練習中，我們不是叫學習者講一句他的母語，我們再幫他改成日語，所以盡量不要如此做。
　但是，必須讓他們用日語來表達某件事情。所謂「某件事情」就是指「某種概念」。我們應該先提供讓他用日語說的原有概念。
　這種時候，最方便的方法，就是先建立「什麼是正統日語？」

的概念，然後教他說出根據某種規則產生變形之後的日語。

最好的例子就是教他肯定句，再叫他改為否定句。例如，「私は学生です（我是學生）」這句話，讓他用口語直接改為「私は学生ではありません（我不是學生）」。這就是否定句的練習。

目前流行的教學方式，就是像這種先提供一個日語的概念，然後讓學生說出另一句，經過某種與此概念有關連性的操作過程，再造的新句子。

尤其是如果有兩句非常相似，但其實卻不一樣的句子，讓他們看著其中的一句，模仿造出另一句。像由「窓が開いている（窗戶開著）」來造出「窓が開けてある（窗戶被開著）」，就是很好的例子。

有這種相神似的句子可以讓學生練習，固然很好，但是要解釋這兩個句子之間到底有何不同，就變成老師的問題了。正如上面「窓（窗戶）」的兩個句子，要怎麼對學生說明才能讓他們很容易瞭解，常是老師們最關心的問題。而且，假如你想要考考新來的老師是否有實力？問他這個問題便可知道他的功力如何了！

28 「～ておく」的意思

一般人說到「ておく」，便會回答是表示「準備」的意思。這句話當然沒有錯，但更重要的是，我們應該「事先瞭解（理解しておく）」，它是怎麼會延伸出，這種從字面上根本就看不出來的意思之來龍去脈。

[1]	冷蔵庫にビールを入れておく。	把啤酒先放到冰箱裡。
[2]	かならず明日までにそのことを調べておきます。	務必在明天以前，事先把那件事調查清楚。
[3]	明日店が休みだから、今日の内にパンを買っておきます。	因為明天店休假，所以趁今天先把麵包買起來。
[4]	一応預かっておこう。	我暫時先代你保管吧！

（1）本動詞的「おく」與補助動詞的「～ておく」

荷物はタンスの上に載せておきます。	行李擱放在衣櫃上面
……「おきます」是**本動詞**。	
明日お客が来るから、今日掃除をしておきます。	因為明天客人要來，所以今天先打掃一下
……「おきます」是**補助動詞**。	

在文法中之所以要討論「～ておく」，主要的目的是為了要讓大家了解它的文法意義。

當「本動詞」使用時，因為它的意思可以直接把前面的另一個

動詞和後面的「おく」相加合併起來，就能夠了解整個詞彙的意思，故沒有必要特別提出來討論。

（2）關於「～ておく」的動詞的分類

我們舉「店を開けておく（讓店開着）」這個例子，來思考「～ておく」的意思。

「店を開けておく（讓店開着）」，我們可以把它分析成，它是用來表示，使「店を開ける（開店）」的動作，和開店之後的結果「店を開いている（店開着）」的狀態，持續下去的意思。

把它説得公式化一點，「～ておく」可以説，就是：

⑴ 使對象發生變化，並且讓其結果的狀態持續下去。

也就是説，先把「店（對象）」「開ける（使其變化的動作）」，然後再使「店が開いている（店開著的結果狀態）」持續下去的意思。

然而，對於「本を読んでおく（預先念書）」的説法又如何解釋呢？在「本を読む（念書）」中，並沒有很明確讓對象（書）發生變化的意思，既然沒有「變化」，當然也就談不上有什麼「變化結果的狀態」了。

但是確實存在有「本を読んでおく」這個説法，不能用上面的意思解釋，那到底是表示什麼意思呢？只能用下面的解釋。

⑵ 表示在某個時間之前，做某個動作。

事實上，對於「店を開けておく（讓店開着）」，唯一只能採用⑴這種説法，而不能採用⑵的解釋。

| しちじ みせ あ |
| 7時まで　店を開けておく。　　　　　開店開到七點為止。 |

但是對於「本を読んでおく」而言，就正好相反，不能使用⑴的這種説法。

| しちじ ほん よ |
| ＊7時まで　本を読んでおく　　　　　＊書看到七點為止。 |

一定要説成像下面「【時間】までに」這種(2)的説法才可以。

> <ruby>7<rt>しちじ</rt></ruby>時までに　本を<ruby>読<rt>よ</rt></ruby>んでおく。　　　　七點以前要看書。

（3）設置動詞與處置動詞

我們就把將像上面例子中的「開ける（開）」這種動詞稱為「設置動詞」吧。另外，像上面例子中的「読む（讀）」這種動詞則稱為「處置動詞」。整理這兩種不同性質的動詞，其各自的「～ておく」形意思分別如下：

設置動詞的「～ておく」是

(1)　**使對象發生變化，並且讓其結果的狀態持續下去。**

處置動詞的「～ておく」則是

(2)　**表示在某個時間之前，做某個動作。**

如果真的能夠做到「二分法」，各自形成不同的意思的話，問題就迎刃而解了。然而語言這種問題，恐怕没有那麼簡單。下面再繼續探討下去。

其實「店を開ける」往往也可以搭配「【時間】までに」共同使用。

> <ruby>7<rt>しちじ</rt></ruby>時までに　<ruby>店<rt>みせ</rt></ruby>を<ruby>開<rt>あ</rt></ruby>けておく。　　七點以前要開好店。

這句話和「７時まで　店を開けておく」只差一個字，意思會有什麼不同嗎？分析這句話的含意如下：

(2)'**在某個時間以前，使對象産生變化。**
　　（不計較／不關心變化後的結果狀態）

將以上(1)、(2)、(2)' 這三種情況整理歸納如下：

| | 7時まで　　店を開けておく。 | （開店開到７點為止） |

	7時までに　店を開けておく。	（七點以前要開店營業）
＊7時まで　　本を読んでおく。		（＊讓書看到７點為止）
7時までに　本を読んでおく。		（七點以前要看書）

　總之，像「開ける」一樣，可以說成「～まで～ておく」這種句型的動詞，是設置動詞。其他以外的動詞，就是處置動詞。

　以圖表來表示的話，結果如下。打「○」記号的部分表示有意思的部分。

	使對象發生變化，並使其結果的狀態持續下去	在某個時間之前，要做某動作
設置動詞	○	○
處置動詞		○

（4）主要的設置動詞

書く（寫）　　　　　　記録する（記録）

入れる（放入）　　　　のせる（裝載）

掛ける（懸掛）　　　　立てる（豎立）

積む（裝載）　　　　　積み上げる（堆積起來）

積み重ねる（堆起來）　そろえる（湊齊）

並べる（排列）　　　　まとめる（歸納）

広げる（張開）　　　　付ける（裝上）

つなぐ（接合）　　　貼る（貼）

結ぶ（結合）　　　　しまう（收拾）

貯める（積存）　　　残す（留下）

保存する（保存）　　捨てる（丟掉）

　　經常被以「～ておく」形式使用的設置動詞，多半是把「お
く」的意思使用在限定表示場所、樣態、關係、狀況、目的等等
（修飾）的意思方面。例如，「入れる（放入）」可以換成用
「中におく（放到裡面）」來表達，「のせる（裝載）」用「上に
おく（放到上面）」的意思來取代。這裏面的「中（裏面）、上
（上面）」就是屬於表示場所的用詞。因此，「入れる、のせ
る」可以説是一種根據「場所」來規定「おく」意思的動詞。
　　我們舉各種不同的設置動詞，試着用「おく」來解釋其動作的
意義，如以下所示。

生ける（插）	把花等植物放入容器中
植える（種植）	以培育植物為目的把植物放入土中
埋める（掩埋）	把要隱藏的内部，通常是放入陸地裡
押し込む（塞進去）	硬往某物的裏面放
揭げる（懸掛）	為了要使某事廣為人知，或為了讓人看清楚，特意放置在高處
汲み上げる（汲水）	將液體放到高處的容器中
挿す（插）	把細長的東西放到物體之間或筒状物中
立てかける（靠在）	將對象物一方靠在垂直的固定物上，並將另一方固定在地面、地板等的水平面上，以放置細長或板状的東西

伏せる（趴，倒扣）	故意使某物的主要面向下，這是為了讓別人看不到，使它隱藏起來的<u>放</u>法
放り込む（抛丟入）	把某物隨便地<u>放</u>到某種空間的内部

（5）主要的處置動詞

「〜ておく」中比較具有特色的是「設置動詞」，因此凡是設置動詞以外的其他動詞，全部都叫做「處置動詞」。而在「處置動詞」裏，也有一些經常需要使用到「〜ておく」形式的，例如：

言う（説）　　考える（想・思考）　　覚える（記住）
知る（了解）　調べる（研究・調査）　習う（學習）

（6）「〜ておく」的實例

[1] 使對象發生變化，並使其結果的狀態持續下去。

店を開けておく。	讓店開着。
冷蔵庫にビールを入れておく。	先把啤酒放進冰箱中。

[2] 在某個時間之前，要做某種動作。（使對象產生變化）

明日までに本を読んでおく。　⇨「読む」是『處置動詞』 （明天以前要讀書）	
夜までに本を並べておく。　　⇨「並べる」是『設置動詞』 （晚上以前，要把書排好）	

以上的[1]，[2]都屬於「相態(Aspect)」的意思。下面的例子，則藉着「上下文」的幫助，可以延伸出「準備」和「暫時性

處理」的意思。

[3] 準備

それを書（か）いておくことによって、将来（しょうらい）なにかの機会（きかい）に役立（やくだ）つ。	先把這個寫下來，將來總有什麼機會會有用的。
必要（ひつよう）な事柄（ことがら）をあらかじめ調（しら）べておく。	事先調查必要的事情。
明日（あした）お客（きゃく）が来（く）るから、今日掃除（きょう そうじ）をしておきます。	因為明天有客人要來，所以今天先打掃。
日本（にほん）に来（く）る前（まえ）に日本語（にほんご）を習（なら）っておく。	來日本前，要先學日語

[4] 暫時性的處理

とりあえずこの部屋（へや）にパソコンを置（お）いておこう。	暫時先把個人電腦放在這個房間吧！
一応預（いちおうあず）っておこう。	暫時先幫你保管吧！
わからない言葉（ことば）にはとりあえず符号（ふごう）をつけておく。	不懂的字，暫時先做上記號。

２９ 「～てしまう」的意思

太郎は本を読んでしまった。	太郎把書念完了。
太郎の部屋のあかりが消えてしまった。	太郎房間的燈關掉了。
太郎は木を切ってしまった。	太郎把樹鋸掉了。
太郎はうっかりファイルを消してしまった。	太郎不小心，把檔案消掉了。
磁石を近付けると内容が消えてしまう。	一把磁鐵靠近，内容就會消失不見了。

（１）完成・完畢

　一提到「～てしまう」，大部分學過日文文法的人，都會想到「完成」，也就是描述「具有一定過程的動作，從頭開始，一直做到最後結束」的意思。的確，一點也不錯，「～てしまう」的最基本意思就是「完成」。怪不得英語中的「現在完成式」翻譯成日語，幾乎一律是用「～てしまう」來對譯。有時候，甚至不管三七二十一，凡是「過去式　～ed」一律翻為「～た」，凡是「現在完成式　have+ p.p」一律翻為「～てしまった」。

　「～てしまう」用來表示「完成」的意思，最典型的例子，是用在「読む（讀）、書く（寫）、話す（説）、食べる（吃）」等「繼續動詞」的情況。這時候，通常都有「ぜんぶ（全部）、かんぜんに（完全地）、ひととおり（整個一起）」等的副詞配合使用。

本を読んでしまった。	把書念完了。
本を一冊完全に読んでしまった。	把一本書從頭到尾, 全部看完了。
＝（読み終えた。）	（讀完了）

（2）其他重要的「延伸意思」

但是,隨着你的日語越來越進步,就會發現「～てしまう」還有許多其他微妙的意思。不但如此,甚至於,使用「基本意思」的機會,反而沒有使用這些「延伸意思」的機會多呢!

①〈可惜・遺憾〉

紙が破れてしまった（紙破了）	紙が破れた（紙破了）
糸が切れてしまった（線斷了）	糸が切れた（線斷了）
木が燃えてしまった（樹燒了）	木が燃えた（樹燒了）

我們故意把「～てしまった」和「～た」並列一起比較,中文的翻譯,看起來似乎完全一樣,但事實上,左邊的「てしまった」,除了事情已經發生的「過去助動詞～た」的意思之外,另外還加上了「字面上看不出來,而是屬於內心世界的感情心理反應」的「啊!真可惜....」表示「遺憾」的意思。

因為「紙破了・線斷了・樹燒了」這些動作・作用發生之後的結果,都給人一種「無法挽回」的「絕望」情緒,故用〈可惜・遺憾〉來代表它隱藏在背後的含義。事實上,文字有時候根本無法表達,但如果發聲說話時,便很清楚可以感覺到,說這句話的人他內心裏的那種「遺憾」之情了。至於「～た」,則只是客觀地在描述現象,不帶感情。兩者差別在此,並無誰對誰錯之分。

這種用法的「～てしまう」,在日常生活中用得最多,大半配合下列這些具有「破壞」意思的**自動詞**使用。

破れる（破）、切れる（斷）、燃える（燒）、倒れる（倒下）

消える（滅）、折れる（折斷）、腐る（腐爛）、死ぬ（死亡）

「～てしまった」是「～てしまう」的過去式。

② 〈麻煩〉⇨〈割捨・解決〉

紙を破ってしまった（把紙撕掉算了）	紙を破った（撕破了紙）
糸を切ってしまった（把線剪斷算了）	糸を切った（剪斷了線）
木を燃やしてしまった（把樹燒掉算了）	木を燃やした（燒了樹）

　將上面左右兩邊的句子一相比較，可以發現這裡的「～てしま
う」包含有二種意思。其中之一就是「因為覺得很麻煩，所以就
乾脆以快刀斬亂麻的心情，把一件事處理掉」的意思。

　就是因為它帶有這種「嫌麻煩，採取積極的手段，加以處理解
決」，所以就簡稱這種用法為〈麻煩〉。大多數是配合一些帶有
「放棄，捨棄，拋棄，丟棄」的意思之他動詞，如：

破る（撕）切る（剪）燃やす（燒）倒す（推倒）消す（消除）

折る（折斷）捨てる（丟掉）片づける（收拾殘局，解決掉）

　像最後一個的「片づける」，看起來似乎不像有「棄之不顧」
的意思，但仔細想想「把一件事情趕快解決掉，不是從此以後就
可以不必再為它煩心了嗎」？因此還是有「完成一件不喜歡的事，
了結心中一個負擔的解脫心理，心中從此沒有掛礙」的意思。

意志形⇨　　～てしまおう　　　（我要把某件事物，趕快～掉）
命令形⇨　　～てしまいなさい（你要把某件事物，趕快～掉）

③　〈疏忽〉或〈不留神・不小心・不知不覺當中・不是故意〉

　同樣是上面②〈麻煩〉的例句，還有另一種意思，那就是「因
一時的疏忽，一不子心就……」的意思。因此「紙を破ってし

まった」可能是「把紙撕掉算了」, 也可能是這種「一不小心把紙撕破了」, 表示這個人的動作是無意識的行為, 因此這個用法的名稱取為〈疏忽〉。因為是人的動作, 所以用他動詞的情況比較多。但其實既然是「無意中所做之行為」, 根本沒有區分自動詞或他動詞的必要。我們可以從下面例句看出, 像「あがる (怯場)、〔せきを〕する (咳嗽)、〔あくびを〕する (打呵欠)」這些事情, 本來就是「人無法控制」的無意志動詞, 這時候用「～てしまう」, 都會使人産生這種〈一時疏忽〉的感覺。

あがってしまった。　　　（不由得就緊張了）

咳
せき
をしてしまった。　　（不小心咳嗽了）

欠伸
あくび
をしてしまった。　　（不小心打了一個呵欠）

---

④　〈不便〉或〈不合宜・不是時候・不巧・不應該〉

紙 かみ</br>が破 やぶ</br>れてしまう。 （紙怎麼破了呢？）	紙 かみ</br>を破 やぶ</br>ってしまう。 （怎麼會把紙弄破了呢？）
糸 いと</br>が切 き</br>れてしまう。 （線怎麼斷了呢？）	糸 いと</br>を切 き</br>ってしまう。 （怎麼會把線剪斷了呢？）
木 き</br>が燃 も</br>えてしまう。 （樹怎麼起火了呢？）	木 き</br>を燃 も</br>やしてしまう。 （怎麼會把樹燒起來了呢？）

紙が破れてしまう。（紙怎麼破了呢？）　紙を破ってしまう。（怎麼會把紙弄破了呢？）
糸が切れてしまう。（線怎麼斷了呢？）　糸を切ってしまう。（怎麼會把線剪斷了呢？）
木が燃えてしまう。（樹怎麼起火了呢？）　木を燃やしてしまう。（怎麼會把樹燒起來了呢？）

紙
かみ
が破
やぶ
れる。　（紙破）　　　紙
かみ
を破
やぶ
る。　　（弄破紙）

糸
いと
が切
き
れる。　（線斷）　　　糸
いと
を切
き
る。　　（剪斷線）

木
き
が燃
も
える。　（樹着火）　　木
き
を燃
も
やす。　（燒木頭）

這兩組句子一比較, 就可知道「～てしまう」有「時機不對・怎麼會這樣呢？・真不巧」等「與期待相反」的意思。因此這種用法取名為〈不便〉。因為主語是無生物, 所以時式多用**現在式**。

這些用法名稱，如〈可惜〉〈麻煩〉〈不留神〉〈不便〉，其實都是從原來的〈逸走的（消極）〉〈対抗的（對抗的)〉〈無意志的動作〉〈期待外〉所轉變而來的。為的是要讓學習者容易了解起見。

（３）「～てしまう」五個意思的關係

這五種意思的關係用圖所示。①是相態(Aspect)，②③是相態・情態，④⑤是情態(Mood)的各種文法。

30「～てくる」「～ていく」的意思（1）
―― 當本動詞使用的「くる」「いく」

「～てくる」「～ていく」的意思之所以會發生問題，經常造成學習者的困擾，主要是因為「くる、いく」有時候當作本動詞使用，有時候又當作補助動詞使用。萬一搞錯的話，意思就完全不一樣。因此，如正確判斷，到底何時當「本動詞」使用？何時當「補助動詞」使用？就成為學日語的人，必須面臨的問題了。

即使是當本動詞使用，也還有分成好幾個等級的用法，需要詳細區分，意思才能掌握得精確。至於「補助動詞」的用法，那它的文法意義就更加深奧了，不是隨隨便便就能搞懂的。

「くる、いく」這兩個動詞，到底經常會和什麼樣的動詞一起使用呢？這是它們最基本的用法，也就是當「移動動詞」分析時的重點。有關這一點，容後再述。

（1）當本動詞的「くる（来る）」「いく（行く）」對它前面的前置動詞產生下列意思。

● 要「來／去」之前所作的動作
● 「來／去」的方法
● 「來／去」時候的狀態
● 「越來越靠近／越來越遠離」的動作・作用

[1] 本屋へ行って、本を<u>買って来ました</u>。	去書店買書回來。
[2] 子供が一人、<u>歩いて来ました</u>。	小孩子獨自走來了
[3] 流し台から茶碗を二つ<u>持って来る</u>。	從水漕拿二個碗來
[4] その声を聞いて、熊が穴から<u>出て来ました</u>。	聽到聲音，熊就從洞穴裡出來了。
[5] テレビは目と耳とに同時に<u>訴えて来る</u>。	電視是同時訴諸眼睛和耳朵的

[1] 「來／去」之前所作的動作

> 本屋へ行って、本を買って来ました。
> （去書店買了書回來）

此例中的「買って来ました」是「買了，然後，回來了」的意思。

> お弁当を買って行きました。
> （買了便當走了）

這句的「買って行きました」是「買了，然後離開，去了」的意思。在這些例子中，「～て来る」「～て行く」可以被當做一般「て形」意思中的表示［順次動作］來解釋。

水を汲んで来ました。	打了水回來了。
お金を預けて来ました。	存了錢回來了。
木の葉を拾って来ました。	揀了樹葉回來了。
お祭りを見て来ました。	看完祭典回來了。

[2] 「來／去」的方法

> 子供が一人、歩いて来ました。
> （小孩子一個人走着過來）

這個例子中，和[1]的「走，然後，來」不同。它是「歩く（走）」和「来る（來）」兩者同時進行的。「來」的方法是「走路」。所以也可以説「歩いて」是表示「來」的一種方法。下面就是類似的例句。你可以感覺到「一面～一面～」的意思。

走って来ました　（跑著來）	泳いで来ました（游著來）
走って行きました（跑著去）	泳いで行きました（游著去）

　　此種用法的例子，其動詞是「沒有方向性的移動動詞」。

[3] 「來／去」時的状態

> 流_{なが}し台_{だい}から茶碗_{ちゃわん}を二_{ふた}つ持_もって来_くる。
> （從水漕拿二個碗來）

　　這句其實也可解釋成「拿了，然後，過來」。但是，「拿了」之後的結果使主體狀態發生了變化。在那種狀態下「來／去」的意思。一般都是用在「持つ（拿）」之類的動詞上。

本_{ほん}を持_もって来_きました。	拿著書來。
鉄砲_{てっぽう}を担_{かつ}いで来_きました。	扛著槍來。
毛布_{もうふ}を抱_{かか}えて来_きました。	抱著毛毯來。
本_{ほん}を持_もって行_いきました。	帶著書去。
鉄砲_{てっぽう}を担_{かつ}いで行_いきました。	扛著槍去。
毛布_{もうふ}を抱_{かか}えて行_いきました。	抱著毛毯去。

那下面的例子又如何解釋呢？

「家_{うち}の人_{ひと}に見_みつからなければいいが。」と、心配_{しんぱい}しながら、左_{ひだり}の手_てで瘤_{こぶ}を隠_{かく}して来_きました。	一邊担心「最好別讓家人發現」，一邊用左手把腫瘤遮住，走了過來。
自分達_{じぶんたち}で織_おった着物_{きもの}を着_きて行_いかなければいけない。	一定要穿着以自己身材織成的和服去。

　　因為「左の手で瘤を隠す（用左手把腫瘤遮住）」有藉着遮住自己的腫瘤，來改變主體狀態的意思。然後再以這種新的狀態

「來」的意思。

「着物を着る（穿和服）」也有使主體狀態發生變化的意思。以上這兩個例句，都是使主體本身的狀態發生變化之後，再進行「來／去」的意思，所以都被歸納為同一類。

[4]「越來越靠近／越來越遠離」的動作‧作用

> その声を聞いて、熊が穴から出て来ました。
>
> （聽到聲音，熊就從洞穴中出來了）

在這個例句裡，「出る（出）」其實也就是「来る（來）」的意思。「出る」是移動動詞。但是，和（2）的移動動詞的種類又不相同。換句話説，「出て」在此絶不能被認為是表示「来る」的方法。

與[2]的移動動詞，到底有什麼地方不同呢？

在[2]中的「歩く（走路）、走る（跑）」是屬於沒有方向性的移動動詞。「沒有方向性」，就不能用「～へ……」表示，例如：

> ×　学校へ歩きました。　　　（走路往學校了）

這種講法聽起來怪怪的。一定要説

> ○　学校へ歩いて行きました。（走路去學校了）

這是因為「歩く」這個動詞本身，並沒有方向性的緣故。

相對的，「出る」就可以説成「外へ出る」。它可以有「～へ出る」的説法，是因為「出る」有方向性的緣故。

因此要產生「越來越靠近／越來越遠離」的意思，必須是下列這些「有方向性的移動動詞」。而這些動詞也藉着「来る／行く」，表示動作是「離説話者越來越近，或越來越遠」。

上がる（升上）　　登る（爬上）　　降りる（下）

落ちる（落下）　　出る（出）　　入る（進）

帰る（回家）　　戻る（返回）　　集まる（聚集）

逃げる（逃）　　近づく（靠近）

> テレビは目と耳とに同時に訴えて来る。
> （電視同時把眼睛和耳朵吸引過來）
> （電視是同時訴諸眼睛和耳朵的）

在此例中的「訴えて来る」的「訴える」並非「移動動詞」。但是，因為它也有表示「靠近的動作・作用」的意思。所以也納入這種類型。

會産生這種意思的動詞，它雖然不會移動，但却具有方向性，這就是所謂的「方向動詞」。這類動詞，還有下列幾個。

訴える（打動・吸引）　　言う（作響・發出聲音）

襲う（沿襲・因襲）　　働きかける（發動・推動）

（2）關於移動動詞與方向動詞

從上面所分析的各種「てくる、ていく」的用例分類，移動動詞和方向動詞的差異便漸漸顯露出來了。正如我們在[2]和[4]處所見，移動動詞裏面有些「有方向性」，有些則「沒有方向性」，為了精確區分起見，在此，我們就重新下定義吧！

移動動詞是指「主體的位置會跟著改變」的動詞。

方向動詞是指「主體的位置雖不移動，但是它的作用可以到達某個方向」的動詞。

（3）「靠近的動作、遠離的動作」的動詞

「てくる、ていく」的意思中所謂的「靠近的動作和遠離的動作」，它的動詞除了[4]所舉的部分之外。還有以下一些動詞。它們雖不是符合以上所定義的移動動詞，但是性質與用法却又非常接近移動動詞。

やる ……… 向_むこうから人_{ひと}がやって来_くる。

（人從對面過來）

わたる ………

　　わたる1 ＝〜順沿進行　橋_{はし}をわたって行_いく。（走過橋）

　　わたる2 ＝穿過去　　川_{かわ}をわたって行_いく。（涉過河）

注意：「通_{とお}る（通過）、越_こえる（越過）、過_すぎる（經過）」 所經過的場所，必須使用「〜を」表示。

整理以上動詞的分類，歸納如下所示。

移動動詞	没有方向性	[2]	不能説「〜へ ……… 」
移動動詞	有方向性	[4]	可以説「〜へ ……… 」
方向動詞	有方向性	[4]	

如果把被使用在[2]的動詞和被使用在[4]的動詞結合在一起的話，則被使用在[2]的動詞應該放在前面。

○　泳_{およ}いでわたって来_きた。（游泳渡過來）

×　わたって泳_{およ}いで来_きた。

３１「～てくる」「～ていく」的意思（２）
―― 當補助動詞使用的「くる」「いく」

（１）當補助動詞的「くる」「いく」

●出現的過程／消滅的過程
●漸漸緩慢的變化
●動作・作用的開始（無⇨有）
●到某個時刻為止的繼續／從某個時刻開始的繼續
（從過去到現在一直～下來／從現在到未來繼續～下去）

［１］①言葉は生活の中から<u>生まれ</u> てきます。	語言由生活中產生 出來。
②白鳥の群れが<u>消えていく</u>。	白鳥群消失不見。
［２］③だんだんお腹が<u>空いてきました</u>。	肚子漸漸餓起來了
④病気はますます<u>重くなっていき</u> ました。	病情日益嚴重了。
［３］⑤そのうちに、雨が<u>降ってきました</u>。	不久便開始下起雨 來了。
［４］⑥お互いに<u>励まし合ってきた</u>、この 年月。	這些歲月以來一直 互相鼓勵。
⑦うまく宣伝して、新しい観光地と して<u>発展させていけ</u>ばいい。	希望將來能藉著巧 妙的宣傳，使它以 一個新的觀光地點 繼續發展下去。

〔1〕出現的過程／消滅的過程

言葉^{ことば}は生活^{せいかつ}の中^{なか}から生^うまれてきます。	語言由生活中產生出來。
白鳥^{はくちょう}の群れが消^きえていく。	白鳥群消失不見。

上面這兩個例子和下面的二例，比較起來。

言葉^{ことば}は生活^{せいかつ}の中^{なか}から生^うまれます。	語言由生活產生。
白鳥^{はくちょう}の群れが消^きえる。	白鳥群消失。

其實兩者表示的事情大致差不多。加上補助動詞「くる、いく」通常都會給人一種「漸漸地，緩慢地」感覺，這是因為世界上許多事物的「出現／消滅」都是漸漸地，為了與下面〔2〕的用法有所區別，在此「生まれる」之所以加「てくる」，「消える」之所以加「ていく」，主要的作用是要使「出現／消滅」的敘述，能更顯現出過程的「具體性」。

出　　現	消　　滅
現^{あらわ}れてくる　　（出現／顯露出來）	消^きえていく（消失不見）
生^うまれてくる（產生出來）	死^しんでいく（死去了）
浮^うかんでくる（浮現出來）	霞^{かす}んでいく（看不清楚了）
蘇^{よみがえ}ってくる　　（復蘇／想起來）	失^{うしな}っていく（失去了）

〔2〕逐漸的變化

だんだんお腹^{なか}が空^すいてきました。
（肚子漸漸地餓起來了）

病気^{びょうき}は、ますます重^{おも}くなっていきました。
（病情愈來愈悪化了）

　在這個例子中，「空く」「重くなる」並没有〔1〕的「出現
・消滅」的意思。這點要與〔1〕區別清楚。另外，它的意思和
單獨説「‥‥すいた」「‥‥重くなった」也有顯著不同。
　這裡的「～てくる、～ていく」表示「逐漸的變化」。能夠套
用這個用法的動詞，都是表示變化的「變化動詞」。「（お腹が）
空く」就是變化動詞。

「なる」是變化動詞的典型代表。

増えてくる（漸漸增加起來）	増えていく（愈來愈增加）
減ってくる（漸漸減少起來）	減っていく（愈來愈減少）
汚れてくる（漸漸髒起來）	汚れていく（愈來愈髒了）
重くなってくる（日漸嚴重）	重くなっていく（愈來愈嚴重）
太ってくる（漸漸胖起來）	太っていく（愈來愈胖了）
痩せてくる（漸漸瘦起來）	痩せていく（愈來愈瘦了）
乾いてくる（漸漸渴起來）	乾いてくる（愈來愈渴了）

　經常配合使用的副詞如下：
しだいに（逐漸地）・だんだん（漸漸地）～につれて（隨着）

〔3〕**動作・作用的開始**　（只限使用「～てくる」）

そのうちに、雨が降ってきました。
（不久之後，就開始下起雨來了）

　這個句子裏的「ふる」並非「變化動詞」，這是與〔2〕最大
的不同點。因為不是變化動詞，所以不能説「逐漸的變化」。
　這種「～てくる」是表示「動作・作用的開始」。「～てい
く」沒有這種用法。同類型的動詞還有下列幾種。

（雨）が降ってくる（開始下起雨了）

ぱらついてくる（開始掉雨點了）見えてくる（開始看得見了）

聞こえてくる（開始聽得到了）わかってくる（開始能夠瞭解）

不過，有時候變化動詞也會產生這種意思。遇到這種情況，老實說，到底是「逐漸的變化」還是「動作・作用的開始」？實在是很難分得清楚的。

◆逐漸的變化　太ってきた（會有「次第に」等副詞出現）

　　　　次第に　太ってきた⇐⇒太っていった

　　　　（漸漸胖起來）　　（愈來愈胖了）

◆動作・作用的開始　太ってきた

　　　太ってきた＝太り始めた（＝開始胖起來了）

[4] 到某個時刻為止的繼續／從某個時刻開始的繼續

　　（從過去到現在一直～下來／從現在到未來繼續～下去）

お互いに励まし合ってきた、この年月。

（這些歲月以來一直互相鼓勵）

うまく宣伝して、新しい観光地として発展させていけばいい。

（希望好好地宣傳，使它以一個新的觀光區繼續發展下去）

　　第一句是表示「從過去到現在，持續不斷地互相鼓勵，直到說話的此刻」，帶有一種「回憶往昔」的心態。第二句是以說話的現在為起點，計劃要「不斷地努力，促使發展下去」，直到永遠永遠。有「策劃將來」的心態。

　　此用法的動詞，「励まし合う」「発展させる」也不是「變化

動詞」。它和前面的［1］［2］［3］最大不同的特徵是，動
詞都有「必須歷經長期間的持續，不能中途而廢」的意思。例
如：

せいちょう 成長してきた（成長下來）	せいちょう 成長していく（成長下去）
そだ 育ててきた　　（培育下來）	そだ 育てていく　　（培育下去）
せいかつ 生活してきた（生活下來）	せいかつ 生活していく（生活下去）

３２　「～てみる」的意思

もう一度よく考えてみます。 再好好考慮看看。

よく調べてみてから買います。 仔細檢查過後再買。

朝起きてみると、あたり一面真っ白 早上起床一看，附近
になっていた。 已經變成白茫茫一片
了。

（1）本動詞的「みる」和補助動詞的「～てみる」

「～てみる」的意思比較單純，一律都是「試着去做看看」。的意思。

只不過，即便如此，却也面臨了「有時候是當**本動詞**解釋，有時候却又當**補助動詞**解釋」的困擾，因此仍然不可掉以輕心。

① 食堂へ行って、テレビを見る。〈本動詞〉
（去餐廳，看電視）

② 食堂へ行って、見る。 〈本動詞〉
（去餐廳，然後看）

③ 食堂へ行ってみる。 〈補助動詞〉
（去餐廳看看）

在②中的「行って」和「見る」之間有逗點「、」。因此有「停頓・中斷」，所以被當做是本動詞。

（2）經常會以「～てみる」的形式使用的動詞

　在此我們規定，如果是當「本動詞」就用「漢字」表示，如果當「補助動詞」，就用「平假名」來表示。

　下面是一些經常會以「～てみる」的形式使用的動詞：

◎表示「感覺作用」的動詞　　見る（看）・聞く（聽）

　　　味わう（品嘗）・触る（觸摸）・覗く（窺視）

◎「幫助感覺動作發揮作用」的動詞。

　　　開ける（打開）・近付く（靠近）

◎表示「思考・調查活動」的動詞。

調べる（調查）・探す（找尋）・探る（探求）・考える（想）

（3）有可能被解釋為本動詞的情況

　下面的動詞採取「～てみる」的形式的時候，「みる」被解釋為本動詞的可能性非常的大。

覗く（往裏看・窺視）	覗いてみる（看看，瞧瞧）
［電気を］付ける（開［燈］）	付けてみる（開燈來看）
［包みを］開ける（打開［包裹］）	開けてみる（打開來看）
近付く（靠近）	近付いてみる（靠近來看）

　上面的這種「みる」因為確實還是有利用到眼睛在看，所以没有「嘗試」的意思在裏面。這時候它的用法很像「揃えておく（整備齊全）」，意味前面的「そろえる」是「方法」，目的其實是「おく」，同樣地，在此，「みる」是「目的」。例如，比較下面例句：

184

明かりをつけてみる。 （開燈看看）	明かりをつけて見る。 （開燈來看）
明かりを消してみる。 （關燈看看）	明かりを消して見る。 （關燈來看）（看電影／幻燈片等）

或者是比較一下，

近付いてみる。 （靠近看看）	近付いて見る。 （靠近來看）
遠ざかってみる。 （遠離看看）	遠ざかって見る。 （離遠遠來看）〔不自然〕

（4）被當作本動詞的可能性很少的情況

下面的動詞在採用「～てみる」形式的時候，「みる」當作本動詞解釋時的可能性很低。換言之，這時候它當補助動詞「みる」的功能比較強。

> 叩く（敲）・〔薬罐を〕振る（搖〔水壺〕）・着る（穿）
> はく（穿）
> 　　　　　　　　　　　　　　　……單純的動作。
>
> 合わせる（合起）、直す（改正）
> 　　　　　……到結束之前，都需要努力的動作。

這種「補助動詞」用法的「みる」意思比較複雜，説明如下：

薬罐を振ってみる＝水が入っているかどうか知るために　振る
（搖一搖水壺　　＝為了要知道有没有裝水，所以搖一搖）

着てみる＝よく似合うどうか調べるために　着る。
（穿看看＝為了要檢查是否適合，而試穿）

我們發現這種「みる」的作用很大。（和只用「振る・着る」

的意思比較看看，便可知道）

　　如果與在（2）中所提過的「思考・調查」的動詞「調べる」
比較看看的話，對於「調べる」來説，因為這個詞彙本身就有
「みる」的意思（要調查能夠不用眼睛看嗎？），所以這時候加
「みる」，添增了一種「緩慢（冗長）」的感覺。

　　　調べてみる　＝　調べる
　　　（研究看看）　　（調查）

（5）「〜しようとする」與「〜てみる」

　　在前項「到結束之前，都需要努力的動作」中，之所以説：**補
助動詞「みる」的作用很強**，其意義舉例説明如下：

○　壊れた茶碗のかけらを合わせてみたが、合わなかった。
　（雖然努力試着把破掉的茶杯碎片黏合起來，但是合不起來）

×　壊れた茶碗のかけらを合わせたが、合わなかった。

　　從上面的例子可以看出「合わせてみた（努力試着黏合看
看）」和「合わせた（使它合起來）」，兩個句子的意境有很大的
不同。換言之，帶有「明知很困難，但還是要試着讓它合起來」。
這種情形中的「合わせてみる」其實可以改為「合わせようと努
力する（努力企圖想要使它合起來）」的意思。

　　「〜てみる」的英譯，相當於「try to〜」，但請注意，並非
所有的情況都適用，只有當「〜てみる」具有「〜しようとす
る」帶有「努力〜」這種意思的時候，才能譯成「try to〜」。

（6）「〜てみると，‥‥」

　　「〜てみると」「〜てみたら」這兩種説法，有時候硬用「努
力嘗試去做做看」的意思去套，常會有格格不入的現象。例如下

面的例子中，是表示「發現某種情況的先決條件」。（請參照
『５５　條件的表現（２）』的「と、たら」）。

> 朝起きてみると、あたり一面真っ白になっていた。
> （早上起床後一看，發現附近已變成白茫茫地一片了）
> 帰って来てみると、もう古い家はなかった。
> （回家後一看，舊房子已經不見了）
> 気が付いてみたら、お金がなくなっていた。
> （察覺後一看，錢已經不見了）

（７）「みる」的敬語形「ごらんになる」

　　本動詞「見る」的敬語形是「ごらんになる」，而且，補助動
詞的「みる」的敬語也採用相同「ごらんになる」。

> 書いてみる　　　書いてごらんになる。　（寫寫看）
> 　　みなさい　書いてごらんなさい。　（請寫寫看）
>
> 見てみる　　　　見てごらんになる。　（看一看）
> 　　みなさい　見てごらんなさい。　（請看一看）

３３ 請求

ちょっと待ってください。	請等一下。
こっちを見てください。	請看這邊。
もう一度言ってください。	請再説一遍。
遅れないでください。	請不要遲到。
ここに入らないでください。	請不要進入這裡。
ここでたばこを吸わないでください。	請勿在此吸煙。

（1）請求的表現

● 請求的表現是用　『て形＋ください』　　　來表示。
● 否定形（禁止）用『～ないで＋ください』　　來表示。

「て形」的否定形有「～ないで」和「～なくて」二種形式。
但是，在接「ください」的時候，要使用「～ないで」。而非
「～なくてください」。沒有這種説法。

（2）各種等級的禮貌性請求的表現

　「～てください」是最基本的請求表現形式。
　有禮貌的請求表現，首先是把句子改成「疑問」的形式。之所
以要採用疑問的形式，實際上是如何呢？就是在形式上給予對方
拒絶的機會，心裡面則是希望對方能夠答應。

お金を貸してください。	請借給我錢。
お金を貸してくださいますか。	請借給我錢好嗎？

如果進一步改成「否定形」或「推量形」，則變得更有禮貌。

お金を貸してくださいませんか。	不行借給我錢嗎？
お金を貸してくださいますでしょうか。	是否能借給我錢？

還有，可以採用下列這種組合。

お金を貸してくださいませんでしょうか。	不知是否能借給我錢？好嗎？

使用「いただく（領受）」則更有禮貌。通常這種情況都是使用「いただける（能夠領受）」這種可能形。這種方式，也同樣可以配合改成「疑問形、否定形、推量形」，這時候，禮貌程度會一級比一級提高。

```
お金を貸していただけますか。
お金を貸していただけませんか。
お金を貸していただけるでしょうか。
お金を貸していただけないでしょうか。
```

相形之下，中文在這方面沒有日語那麼發達，要用適當的對照翻譯，確實有困難。下面中譯也不見得合適，只是有這種味道就是了。

```
能麻煩您借給我錢嗎？
能不能麻煩您借給我錢呢？
不知道能否有幸請您借給我錢呢？
不能有幸承蒙您好心借給我錢，好嗎？
```

採用像「～ていただけますか」這種「可能形」時，有點「奉承・拍馬屁」的感覺。用「～ていただきますか」作為請求的表現，令人覺得很奇怪。請注意不要使用。

相對於此，有親密關係的人之間，通常使用下面的形式。

お金を貸してちょうだい。	（借給我錢，拜託！）
お金を貸して。	（借給我錢吧！）

34 命令

表示直接的命令，可以用「命令形」。

待て（等一下）	立て（起立）
入れ（快進去）	坐れ（坐下）

然而，上面這種「命令形」太粗魯了，像是刑事組的刑警在問口供，或成功嶺的教育班長，或「山口組」黑社會老大的説話口氣。一般普通人不用這種「直接命令」，而改用比較客氣的「～なさい」形。

読みなさい。（請念）	書きなさい。（請寫）

至於有禮貌的命令，則是使用「お～なさい」。

お読みなさい。（請您念） お書きなさい。（請您寫）

そこにお掛けなさい。（請您坐在這裡）

部屋にお入りなさい。（請您進去房間）

但是，並不是所有的動詞都可以使用「お～なさい」的形式。

お～なさい	～なさい	特別形
*お来なさい	[ここへ] 来なさい （過來 [這邊] 一下）	おいでなさい （請過來一下）
お行きなさい	[あちらへ] 行きなさい （快去 [那邊]）	おいでなさい （請過去一下）
*おいなさい	[ここに] いなさい （請待在 [這裡]）	おいでなさい （請等一下）
*おしなさい	[勉強を] しなさい （快 [用功]）	なさい （請做）

　尤其是複合動詞，很難構成「お～」的形式。通常都用「～な
さい」表示命令。

書_かきなおす ［重寫］	？（この字_じを）お書_かきなおしなさい
	○　書_かきなおしなさい［快重寫］
話_{はな}し合_あう ［討論］	？（みんなで）お話_{はな}し合_あいなさい
	○　話_{はな}し合_あいなさい［請討論］

３５ 意 志

日語**表示意志的形式**有下面幾種。

現在形	行_いきます。	（我馬上就去）
意志形	行_いこう。	（我要去）
	行_いこうと思_{おも}います。	（我想要去）
形式名詞「つもり」	行_いくつもりです。	（我打算要去）

（1）表示意志的形式

意志，有時候直接用**動詞的現在形**，就可以表示。

行きます。 （我馬上就去）

然而，意志並不是「現在形」原來的意思。把自己的意志強烈積極地表示出來，才是眞正的「**意志形**」。這時候應該還帶有「決心」的口氣。

行こう。 （我決定要去）

這種形式，經常後面會接「～と思う」。

行こうと思う。 （想要去）

意志形是没有否定形的。如果想要表示「否定」的意思、可以採用下列的説法來代替。

行くのを止めよう。 （我不要去）

行かないことにしよう。 （我決定不要去）

　　另外，現在形的否定式有時候也會表示否定的意思。

　　行<ruby>い</ruby>きません。　　　　　　　　（我不去）

（2）意志形的用法

　　意志形並不光只會表示意志而已。意志形全部的用法如下：

意志	お金<ruby>かね</ruby>を借<ruby>か</ruby>りよう。　　　　　　　（我想借錢） 夏休<ruby>なつやす</ruby>みに田舎<ruby>いなか</ruby>に行<ruby>い</ruby>こうと思<ruby>おも</ruby>う。（暑假我想要去鄉下）
勸誘 邀約	一緒<ruby>いっしょ</ruby>に散歩<ruby>さんぽ</ruby>に行<ruby>い</ruby>こう。　　　　（我們一起去散步吧） 一緒<ruby>いっしょ</ruby>に行<ruby>い</ruby>きましょう。　　　　（我們一起去吧）
推測	明日<ruby>あした</ruby>は晴<ruby>は</ruby>れよう。　　　　　　（明天可能會放晴吧）

　　目前一般動詞的意志形，已經很少用來表示推測了。「晴れよう（大概會放晴吧）」，目前都已改用「晴れるだろう（會放晴吧！）」來取代了。也就是説，利用「だ」的未來形「だろう」或「です」的未來形「でしょう」來取代以前的「う／よう」。
※　註：五段動詞接「う」，其他動詞接「よう」。

（3）「つもり（打算）」

　　利用形式名詞「つもり（打算）」可以表示「意志」和「預定」的意思。

肯定形	否定形
行<ruby>い</ruby>くつもりです。 （打算去）	行<ruby>い</ruby>かないつもりです。 （打算不去） 行<ruby>い</ruby>くつもりはありません。 （沒有去的打算） ×　行<ruby>い</ruby>くつもりではありません。

否定形要説成「行かないつもりです（打算不去）」，或者是「行くつもりはありません（没有去的打算）」。「×行くつもりではありません。」的説法是錯誤的。

V た（過去式）＋「つもり」，有「錯誤」及「假設」的意思。

【錯誤】	虎の絵を描いたつもりです。 （我本來就是要畫老虎的）
【假想】	本を買ったつもりで貯金する。 （就當作已經買了書，把錢存下來）（假裝買了書）

所謂「錯誤」的意思，就像上面第一個例句，明明每個人看起來都覺得是在畫貓的畫，但是本人卻堅持認為自己是在畫老虎。這種「～たつもりです」表示「自己以為如此，但其實不是如此」的意思。

所謂的「假想」，如上面的第二句，儘管自己也知道事實上，並沒有買書，但騙自己「自己已經買了書」。

這個形式名詞「つもり」，本意有點像是「意圖」的意思，但從不單獨使用。形式名詞在英語中，被說明成，是一種必須（經常、差不多）要被別的「修飾詞」修飾的名詞⇨（Nouns Always Modified 或者是Nouns Usually Modified）。最常見的情況，是**接在動詞連體形的後面**。這點，如果不事先跟學生説明清楚的話，很容易會造出下面錯誤的句子。

× 私のつもりは夏休みに田舎へ行くことです。
（我的計劃，就是暑假中要去郷下）

36 勸誘（邀約）

散歩に行き<u>ましょう</u>。　　　我們一起去散步吧。

映画を見に行き<u>ましょう</u>。　　我們一起去看電影吧。

お茶でも飲みに行き<u>ませんか</u>。　要不要一起去喝點茶之類的

（1）利用意志形的勸誘

　「行こう」本來是意志形，但有時候也會被使用來表示「勸誘·邀約」。這時候，「行こう」的意思就變成「去～吧！」，而不是「要去」了。

　「行きましょう」本來是敬體形（ます形）的意志形，但是因為對於自己的意志使用「敬體形（鄭重形）」，感覺好像「自己尊敬自己」，很奇怪！因此當「意志」使用時，幾乎不用敬體形。但是相反的，當「勸誘」使用時，則非使用敬體形不可，因為「勸誘」的對象是別人，對別人用「敬體形」，名正言順。總之「**行こう**」可以是「**意志／勸誘**」，但「**行きましょう**」則只能「**勸誘**」，不能「**意志**」了。

行こう	對屬下、晚輩，親密朋友的勸誘。
行きましょう	對同輩、鄭重其事的勸誘。

　利用意志形的勸誘，往往可以後接終助詞「**か·よ**」。

行こうか。	行こうよ。
（要一起去嗎？）	（一起去吧！）
行きましょうか。	行きましょうよ。
（要一起去嗎？）	（一起去吧！）

「～か」，只是以「疑問句」的形式，給予對方有權利可以拒絶，算是一種比較溫柔的勸誘。「～よ」，則正好相反，有點要強迫對方接受自己想法的意思。

（2）利用否定疑問句的勸誘

假如你不採用「意志形」，而想要表示勸誘時，這時候，應該使用「否定疑問句」。

行きませんか。（不去嗎？）
（心裏面其實是説「去啦！去啦！」，一種以退為進的策略）

要回答這句話，可以採用下列兩種方式。

答應時　「ええ、行きましょう。」（嗯，好吧！走吧！）

拒絶時　「ちょっと、都合が悪いので‥‥」
　　　　　　　　　　　　　　　　（因為有點不方便‥‥）

有時候對於別人問「行きませんか（你不去嗎？）」，回答的方式如果是下面兩句的話，

「はい，行きません。（是的，我不去）」
「いいえ、行きます。（不，我要去）」

就變成是把對方所説的話，當作純粹只是在「**探詢意向**」的意思，而不是在「**勸誘（邀約）**」，千萬別因此造成誤解了。

３７ 希望的表現「～たい」

私は本が読みたい。	我想讀書。
太郎は本を読みたがっている。	太郎想讀書。
太郎は本を読みたいと言っている。	太郎說他想讀書。

（1）たい的形式

利用動詞的「たい形」來表達「希望」的表現。「たい形」是指，在動詞的連用形後面接「たい」。

読む（讀）	⇨	読みたい（想讀）
見る（看）	⇨	見たい（想看）
来る（來）	⇨	来たい（想來）
する（做）	⇨	したい（想做）

經過上面的「たい形」變化後，右邊的「Ｖたい」今後應該視同一種「形容詞」來看待，其語尾活用，完全與形容詞一樣。

（2）「～たい」表現的結構句型

本を読む。 （看書）		水を飲む。 （喝水）	
⇨本が読みたい。（想看書）		⇨水が飲みたい。（想喝水）	
⇨本を読みたい。（想看書）		⇨水を飲みたい。（想喝水）	
遠い町へ行く。 （去遙遠的城市）			
⇨遠い町へ行きたい。（想去遙遠的城市）			

一般文法書都會特別強調，「～を」要改為「～が」才對。但其實直接用「～を」也不算錯，當然，如果是其他格助詞（如：～へ」）的話，就用不著變化了。

到底是「水が飲みたい」或者是「水を飲みたい」才正確，一般來說，用「水が飲みたい」的説法，比較符合日本人的民族心理，「水を飲みたい」給人一種打破常規，不按牌理出牌的感覺。然而在其他的例子中，「～を～たい」的説法顯然也不在少數，通常表示「**感情・生理・本能**」方面的慾望，用「**が**」比較適切，「**理性・事務**」方面的希望，則用「**を**」。依此原則決定即可。

（3）第三人稱

「～たい」形在「敘述形現在式」時，只能使用第一人稱，這點和「感情形容詞」相同。要表示第三人稱的希望則比較麻煩，需要用點腦筋。雖然一般文法書都規定採用「～たがる」的公式。但除此之外，改用「～と言っている」的説法也可以通。

×太郎は新聞が読みたい。（第三人稱不能只光用「たい」）

太郎は新聞を読みたがっている。　　　（太郎想看報紙）

太郎は新聞が読みたいと言っている。（太郎説他想看報紙）

當然也許你會問：為什麼要用「言っている」？用「言う」不行嗎？這個文法很深，我只能告訴你「ている」具有客觀性，因為你又不是「太郎」肚子裏面的蛔蟲，因此凡是轉述別人（＝第三者）所説的話，一律要加「ている」。

３８　部分的表現
「〜は　〜が　〜」等等

<ruby>象<rt>ぞう</rt></ruby>は<ruby>鼻<rt>はな</rt></ruby>が<ruby>長<rt>なが</rt></ruby>い。	象的鼻子長。
<ruby>私<rt>わたし</rt></ruby>は<ruby>頭<rt>あたま</rt></ruby>が<ruby>痛<rt>いた</rt></ruby>い。	我頭痛。

（１）部分的表現

<ruby>象<rt>ぞう</rt></ruby>は	<ruby>鼻<rt>はな</rt></ruby>が	<ruby>長<rt>なが</rt></ruby>い。	（象　　鼻子　　長）
<ruby>花子<rt>はなこ</rt></ruby>は	<ruby>目<rt>め</rt></ruby>が	<ruby>大<rt>おお</rt></ruby>きい。	（花子　眼睛　　大）

在外觀上，會形成像「〜は　〜が　〜」這種有二個主語的構句（句型），詳細分的話，還可分為許多種類。但其中最有名的應該是以「象は鼻が長い」為代表吧。

N1 は　N2 が　形容詞
象　は　鼻　が　長い

在這個句子中的「鼻」，其實是指「象の鼻（大象的鼻子）」的意思，N1 和 N2 構成「全體與部分」的關係。

經常有學生問我，到底下面兩個句子有何不同？

① 象は鼻が長い。

② 象の鼻は長い。

關於這一點，因為「〜は」是用來表示主題，所以如下表所示。①是在談論有關「象」的性質所説的句子，②則是針對「象的鼻子」所説的句子。

談有關「象」的性質的句子	針對「象的鼻子」談論的句子
象<ruby>ぞう</ruby>は鼻<ruby>はな</ruby>が長<ruby>なが</ruby>い。 （象，鼻子很長）	象<ruby>ぞう</ruby>の鼻<ruby>はな</ruby>は長<ruby>なが</ruby>い。 （象的鼻子，很長）
象<ruby>ぞう</ruby>は足<ruby>あし</ruby>が太<ruby>ふと</ruby>い。 （象，脚很粗）	象<ruby>ぞう</ruby>の鼻<ruby>はな</ruby>は水<ruby>みず</ruby>を吸<ruby>す</ruby>い込<ruby>こ</ruby>む。 （象的鼻子，會吸水）
象<ruby>ぞう</ruby>は目<ruby>め</ruby>が小<ruby>ちい</ruby>さい。 （象，眼睛很小）	象<ruby>ぞう</ruby>の鼻<ruby>はな</ruby>は手<ruby>て</ruby>のようによく働<ruby>はたら</ruby>く。 （象的鼻子，像手一樣靈巧）

（2） 身體的某個部位〈地方〉

「私は痛い（我很痛）」這句話，缺乏意思的完結性。如果有人這麼說，相信你一定會很想問他「どこ（哪裡痛）？」吧！因此如果要把句子說得完整一些。起碼應該說：

私<ruby>わたし</ruby>は	頭<ruby>あたま</ruby>が	痛<ruby>いた</ruby>い。	（我頭痛）
私<ruby>わたし</ruby>は	歯<ruby>は</ruby>が	痛<ruby>いた</ruby>い。	（我牙齒痛）
私<ruby>わたし</ruby>は	お腹<ruby>なか</ruby>が	痛<ruby>いた</ruby>い。	（我肚子痛）
私<ruby>わたし</ruby>は	背中<ruby>せなか</ruby>が	痛<ruby>いた</ruby>い。	（我背痛）

在這裡必須注意的是，你不能説「何が？（什麼？）」痛，也不能説「どれが？（哪個？）」痛，而應該説「どこか？（哪裡？）」痛才對。「どこ（哪裡）」一般雖然是用來表示很廣泛的場所，但也可以被用在身體的一部分那麼狹窄的地方。所以，取名為〈地方〉。它們的共通性在於「N1 和 N2 構成**全體與部分**的關係，必須連接在一起，不能夠分開」。

３９　無意志動作的表現

私は目眩がする。	我覺得頭暈。
私はお腹が空いている。	我肚子餓了。
私は風邪を引きました。	我感冒了。

（１）人的無意志動作表現

使用自動詞「する」	目眩する	（暈眩）
	吐き気がする	（噁心）
	頭痛がする	（頭痛）
使用其他的自動詞	お腹が空く	（肚子餓）
	喉が乾く	（口渴）
	足が疲れる	（脚累・脚酸）
使用他動詞	病気をする	（生病）
	風邪を引く	（感冒）
	お腹を壊す	（吃壞肚子）
	怪我をする	（受傷）
	熱を出す	（發燒）
	下痢をする	（拉肚子）

（2）外國語的説法

像「お腹が空いている（肚子餓）」「喉が乾いている（口渇）」這類表示「人類的生理現象」説法。各國語言的表達方式互異，將特徴比較如下：

語言	表現	直譯
英語	I am hungry.	私はひもじい。
	I am thirsty.	私は渇いている。
義大利語	Ho fame.	私は飢えを持つ。
	Ho sete.	私は渇きを持つ。
芬蘭語	Minun on nälkä.	私には飢えがある。
	Minun on jono.	私には渇きがある。
	Minua nälättää.	（それが）私を飢えさせる。
	Minua janottaa.	（それが）私を渇かせる。

在芬蘭語中有二種説法。Minun on nälkä. 的直譯，實際上很難。Minun 是 Minä「我」的生格。

４０　比較的表現

太郎は次郎より将棋が強い。	太郎的象棋比次郎強。
私はりんごよりバナナが好きだ。	我喜歡香蕉勝於蘋果。

（１）比較表現之前的準備文法

　　假如只有説「太郎は強い（太郎很棒）」的話，意思表達並不完全。因為光説很棒，不知道到底是什麼很棒？這時候必須加上如「将棋が強い」補充説明「某一方面特質或技術能力」的「～が」，文法上稱此「が」為「對象格助詞」，表示「愛憎・欲望・能力」的對象。

太郎は	将棋が	強い。
花子は	絵が	上手だ。
次郎は	背が	高い。
東京は	人口が	多い。

太郎下棋很棒。
花子畫圖很棒。
次郎身材很高。
東京人口很多。

（２）「Ａは　Ｂより　～」（比較級）

太郎は次郎より将棋が強い。	太郎象棋下得比次郎好。
花子は恵子より絵が上手だ。	花子畫圖比恵子棒。
恵子は次郎より頭がいい。	恵子頭腦比次郎好。
次郎は三郎より背が高い。	次郎比三郎高。
東京は大阪より人口が多い。	東京的人口比大阪多。

　　所謂「比較的表現」，在英語，是在教形容詞的時候出現，這是因為在英語中，形容詞有「比較級、最高級」的變化。英語、德語方面，都是利用形容詞的變化來做比較的表現，但是在義大利語中，直接在形容詞的前面，加上一個類似英語中的「more」的義大利文「più」。例如各國對「より高い（比較高）」這類「比較級」的表示法，如以下所示。

英語	high	higher
德語	hoch	höher
義大利語	alto	più alto

　　在日語中、儘管有「比較的表現」，可是，却没有「形容詞的變化」，因此在比較的表現上，担任重要角色的，是靠格助詞的「より」。有時候在翻譯英語等外國語言的比較級，會用「より大きい（比較大）」的説法，但這個「より」是副詞的「より」，意思是「更～」，如：

より多くより優れた作品を創作する（創造更多更好的作品）

眞正的格助詞「より」應該要接在名詞的後面才對。

（3）主體的比較與對象的比較

　　注意以下的例子。

①私はあなたよりコーヒーをよく飲む。　《主體的比較》
　（我比你還要常喝咖啡）

②私はお酒よりコーヒーをよく飲む。　《對象的比較》
　（我咖啡比酒還要常喝）（我喝咖啡的機會比酒還要多）

③私はあなたよりバナナが好きです。　（我比你喜歡香蕉）

④私はりんごよりバナナが好きです（我喜歡香蕉勝於蘋果）

換言之，日語對於「主體的比較」和「對象的比較」，在文法的形式上區分並不是很清楚。①和②，雖用常識就能了解。但是③的意思就令人難以理解了。通常把③解釋成「主體的比較」，而④則是作「對象的比較」。但是③有時候也可以解釋為「對象的比較」。如果把③當作是「對象比較」解釋的話，那豈不是把「あなた」和「バナナ」都當成可以吃的水菓了嗎？意思變成「我比較喜歡吃香蕉，比較不喜歡吃你」了嗎？搞不好被對方痛K一頓，説你太粗魯野蠻了。

相當於「より」的用詞，在英語、德語、義大利語中，分別如下表所示。它們的語詞源都不同。

相當於「より」的用詞			
英語	than	德語	als
義大利語	di或che	芬蘭語	kuin

相當於「より」的用詞，除了義大利語di（這是前置詞）以外，其他都是接續詞。芬蘭語的 kuin 也是接續詞，但是在芬蘭語中，除此法之外，還可以採用一種「分格」的格形，放在形容詞前面的方法。

あなたは私より背が高い。（你比我還高）

Te   olette   pitempi kuin minä.
あなたは   である   背が高い   より 私。

Te   olette   minua   pitempi.
あなたは   である   私より   背が高い。

這麼一來，就更接近日語句子的排列順序了。

（4）「‥‥の中で　一番～」（最高級）

在英語、德語中，形容詞有所謂「最高級」的變化，而且還要加上冠詞。義大利語中則使用「più」再加上冠詞。如果光是「più」而不加冠詞「il」的話，就是「比較級」。

英語	the highest
徳語	der höchst
義大利語	il più alto

日語則是在形容詞的前面加上「一番（最）」的副詞。
表示比較的範圍，則使用「～で・～の中で（在～之中）」。

太郎は　クラスで　将棋が　一番　強い。
（太郎下象棋全班中最強）

花子は　学校で　一番　絵が　上手だ。
（花子在學校畫圖畫得最棒）

次郎は　兄弟の中で　一番　背が　高い。
（次郎在兄弟之中，身高最高）

東京は　日本で　一番　人口が　多い　都市だ。
（東京是全日本人口最多的都市）

富士山は　日本で　一番　高い　山だ。
（富士山是日本境內最高的山）

「一番」的位置，正如上面的例子所示，如果遇到像「絵が上手だ」「背が高い」等連接非常強的組合時，絕對不可以插到這些詞組的中間，一定要放在前面才行。

（5）「～のほうが」

日語中還有「Ａのほうが～」這種比較的表現。

①東京と大阪とでは　どちらが　人口が　多いですか。
（東京和大阪，哪一個的人口多呢？）

②東京のほうが　人口が　多いです。
（東京的人口比較多）

③東京のほうが　大阪より　人口が　多いです。
（東京比大阪的人口多）

④東京は　大阪より　人口が多いです。
（東京比大阪的人口多）

⑤東京は　大阪より　人口が多いですか。
（東京比大阪的人口多嗎？）

⑥はい、東京は　大阪より　人口が多いです。
（是的，東京比大阪的人口多）

　通常「Aのほうが～」的説法，是用在像被問到①那種問句的回答，可以回答的方式有②、③兩種。這時候不能用④來回答。④是當被人用像⑤這種問句問的時候，所應採用的回答方式。更完整的回答應該用⑥。

（6）「AはBほど～ではない。」（比較的否定）

(1)　次郎は　太郎ほど　将棋が　強くない。
　　（次郎下棋没有太郎下得那麼好）

　對日本人來説，比較的否定，就是採用上面這種句型，日本人覺得很自然，很普通。但是經常被外國學日語的學生問説「為什麼不能用下面的句型來表達？」

(2)　次郎は　太郎より　将棋が　強くない。
　　（次郎下棋不比太郎強）

　換言之，這個句型如果也不算錯的話，和(1)的句型之間，又應該如何區分使用的時機呢？

　AはBより～ではない。

　如果説，你心裏面没有先預設立場，純粹只是在做客觀的比較時，(2)的句型應該没有問題。但是如果説，你心裏面原先就判斷「太郎很強」，因此雖然「次郎也很強」，但你還是認為「太郎比次郎強」的時候，這時候就應該用(1)的句型才對了。

４１　忠告的表現「～たほうがいい」

少_{すこ}し休_{やす}んだほうがいいですよ。	你最好稍微休息一下。
傘_{かさ}を持_もって行_いったほうがいいですよ。	你最好帶傘去喔！
あまりたばこを吸_すわないほうがいいですよ。	你最好不要吸太多煙／你還是少抽煙為妙吧！

（１）「～たほうがいい」

　日本人在表達「勸告／忠告」時，是採用「～たほうがいい」的表現句型。其具體的公式是「**動詞的過去式＋ほうがいい**」。

少_{すこ}し休_{やす}んだほうがいいですよ。	我看你還是稍微休息一下吧！
傘_{かさ}を持_もって行_いったほうがいいですよ。	我勸你還是帶傘去比較妥當喔！

　這種表現的「否定」，也就是勸人家不要做某事的時候，採用「～しないほうがいい」的句型公式。也就是，在「現在否定形」後面加上「ほうがいい」。

１時間以上_{いちじかんいじょう}テレビゲームをしないほうがいいですよ。 （電視遊樂器最好不要玩一個小時以上）
あまりたくさんお金_{かね}を持_もって行_いかないほうがいいですよ。 （我勸你最好不要帶那麼多錢去）

「～たほうがいい」的句型，之所以要採用**過去式**，是因為想像事情已經發生了，例如「不休息而累壞了」「不帶傘而被雨淋濕了」「帶太多錢弄丟了」，都是預想到「事情已經發生了」的後果，因而才提出此勸告，故用「過去式」比較適合。終助詞「よ」接在後面，有促請對方注意之含意。但表示「禁止的忠告」，亦即忠告的否定形「～**ない**ほうがいい」，因係禁止在先，並未想像事情已經發生，故**無需採用「過去式」**。

（2）此表現句型起源於「比較表現」（前節）

「～ほうがいい」本來是在前一節「比較的表現」所使用的，如果是「純」比較的表現，直接用「現在形」即可。那時候可就沒有「勸告」的意思了，而是比較之後，選擇其中較合適的一項。

コーヒーを飲みますか、お酒を飲みますか。

（你要喝咖啡呢？還是喝酒呢？）

そうですね。コーヒーを飲むほうがいいです。

（嗯，我喝咖啡好了）（兩種之中我選擇咖啡）

---

42 經驗的表現「～たことがある」

イタリアへ行ったことがあります。　　曾經去過義大利。

イタリアへ行ったことはありません。　　不曾去過義大利。

（1）「～たことがある」

　經驗的表現是用「～たことがある」來表示。將來它的後面再接其他語詞，都一律由「ある」負責變化（因為它是這個表現句型的最後一個字），所以否定就變成「～たことがない」。但如果是在回答別人的詢問時，則要改用「～たことはない」。

（2）片語（複合述語）

　「～たことがある」是由【動詞過去式＋こと＋が＋ある】所構成的，裏頭的成分既有助動詞「た」又有形式名詞「こと」，格助詞「が」和動詞「ある」，宛如一個聯合國部隊。這種由許多品詞併湊而成的「片語」，在文法上扮演極其重要的角色，地位相當於「助動詞」和「補助動詞」，故有人將「助動詞・補助動詞・片語」合稱「述語」後面緊跟着的三劍客。有些文法學者將之稱為「複合述語」，我覺得不夠嚴謹，除非把前面所接的動詞也算進去（例如「行ったことがある」）。否則只光是「～たことがある」，應該是相當於英語的「片語」觀念。

　這種所謂的「片語」，簡單地說就是將幾個單詞結合在一起，構成一個整體的意思，接在「述語」的後面，幫助敍述，故又叫作「助述表現」或「表現句型」。雖然它是由數個單詞所構成的，但絕對不能去拆解它，應該把它當作好像本來就是「一個」詞似地來處理比較方便，由於成分大多是不能寫漢字的平假名，而且萬一最後一個字又是有活用的用言時，又會再接其他的「助動

詞」或「補助動詞」甚至「其他片語」，在文章中會看到**長長的一串平假名，可以說是日文的一大特色，也是學習的瓶頸。**

之所以要學習「片語」的理由，主要是為了和日本人的語言意識形態一致起見，下面就利用「しか〜ない」這種有呼應關係的片語句型來說明吧。

「しか」要和否定形呼應。

いちかい い 一回　行った （去了一次）	いちかい い 一回しか　行かなかった。 （只去了一次）
ひゃくえん つか 百円　使った （用了一百元）	ひゃくえん つか 百円しか　使わなかった。 （只用了一百元）

然而，如以下所示。

いちかい い 一回しか　行ったことが　ない。（只曾去過一次而已）
ひゃくえん つか 百円しか　使ったことが　ない。（只曾用過一百元而已）

在這個句子中，「**しか**」不是和「行った、使った」呼應，而是越過「こと」，去和後面的「**ない**」相呼應。換言之，應該把「行ったことがある」當做是一個很長的述語來看，「しか」是與它的「否定形」呼應才對。

（３）對於經驗表現，該如何用否定回答才對

①イタリアへ　　行ったことが　ありません。 ②イタリアへは　行ったことが　ありません。 ③イタリアへ　　行ったことは　ありません。 ④イタリアへは　行ったことは　ありません。

對於「イタリアへ行ったことがありますか（你去過義大利嗎？）」這個問句，你如果要用否定句（即「我不曾去過義大利」）回答時，以上四種答案，哪一個最適當呢？為什麼呢？

對於疑問句，用「否定句」回答的時候，原則上必須用「は」，這是為了要把否定的焦點突顯出來。

如果不是在回答別人的問話時，則像①沒有「は」也無妨，另外，像④的「は」出現在二個地方，似乎有二個焦點似的，如此一來豈不是使焦點模糊了嗎？所以也有毛病。

因此，適當的回答是②或③，但是這兩句的語感不太一樣。

②イタリアへは　行ったことが ありません。 （義大利嘛，我是沒去過）	含有雖然沒去過去義大利，但曾經去過別的國家的意思在內。
③イタリアへ　　行ったことは ありません。 （義大利嘛，去是沒去過）	含有雖然沒去過去義大利，但對於義大利的風土民情非常了解的意思。

43 允許「～てもいい」

> このワープロを使ってもいいですか。
> （我可以使用這台文書處理機嗎？）
>
> はい、使ってもいいです。／はい、どうぞ。
> （好的，可以使用） ／ （好的，請用）
>
> ここで写真をとってもいいですか。
> （在這裡可以照相嗎？）
>
> いいえ、ここで写真をとってはいけません。［禁止］
> （不行，這裡不可以照相）

（1）允許的表現

　　允許別人做某事的表現是「～てもいいです（可以～）」，而請求別人允許自己做某事的表現是「～てもいいですか（我可以～嗎）」。相對於這種問句的肯定回答是「はい、～てもいいです（好的，你可以～）」，但真實生活中的會話，則只要回答「はい、どうぞ（好啊，請用！）」即可。

　　否定的回答，事實上就等於是「禁止」（「～てはいけません（你不可以～）」。

（2）變形

　　「～てもかまいません（～沒關係）」，這是一種比較消極、柔弱的說法。

　　靴のまま入ってもかまいません。
　（直接穿靴子進來沒關係）

（3）「～てもいい」的擴大

不關心 不在乎	そんなことをして、病気になってもかまいませんか （你幹這種事情，即使生病也没關係嗎？） （這是指對方「即使是生病」） はい，病気になってもかまいません。 （是的，即使是生病，我也不在乎。） （這是指自己「即使是生病」）
消極的 贊成	［説到有關自己動作的情況］ 「今晩うちへ来る？」（今晩要來我家嗎？） 「行ってもいいけど。」（去是可以，但是‥‥）
當　然	このような本があってもいい。 （有像這樣的書，也行）　　　　　　［應該有才對］
希　望	このような本があってもいい。 （要是有這種書的話就好了）　　［要是有就好了］

４４禁止「～てはいけない」

このワープロを使（つか）ってはいけません。
（不准使用這台文書處理機）

ここで写真（しゃしん）をとってはいけません。
（這裡不准照相／此處禁止攝影）

（１）禁止的表現

禁止的表現，除了標題所示的「～てはいけない（不准～）」
之外，還有下列各種表示法。

～ないように （不要～） （可別～）	お金（かね）を落（お）とさないように。　（別把錢弄掉了） 宿題（しゅくだい）を忘（わす）れないように。　（不要忘了作業）
～ないこと （千萬別～）	無駄遣（むだづか）いをしないこと。　　　（千萬別浪費）
～な （別～）	くぐるな。　　　（禁止通行／請別鑽進去） （指平交道的柵欄）
～べからず （不許～）	この中（なか）に入（はい）るべからず。　（不許進入裏面）
～禁（きん）ずる （禁止～）	張紙（はりがみ）を禁（きん）ずる。　　　　（禁止張貼）

（2）變形

～てはいけません（不可以～）	直接對聽話者說話的語氣。
～てはなりません（不行～）	社會公認理所當然的道理。
～てはだめです　（不行～）	口語的説法。
～ては困ります　（可別～）	口語的，稍微消極的説法。

（3）「～てはいけない」的擴大

社會的規範	寮生は門限に遅れてはいけない。 （住宿生不可以在過了關門時間才回來） お酒を飲んで運転してはいけない。 （喝酒之後不可以開車） 代議士がそんなことをしてはいけない。 （議員不可以做那樣的事情）
指示　醫生對患者	硬いものを食べてはいけません。 （不要吃硬的東西）
老師對學生	宿題を忘れてはいけない。 （別忘記作業）
自己鼓勵自己	こんなことでへこたれてはいけない。 （別因這種事情而氣餒）

４５　義務「～なければならない」

本を読まなければならない。	必須念書／不念書不行
お金を払わなければならない。	必須付錢／一定要付錢
１１時までに帰らなければならない。	11點以前一定要回家。

（１）「～なければならない」的基本意思

在社會上普遍期待的的事情		学生は勉強しなければならない。 （學生必須要用功）
主語是第一人稱	確認自己的義務	私は学校へ行かなければならない。 （我必須去學校）
主語是包含聽者的「我們」	大家共同下定決心	我々は増税案に反対しなければならない （我們堅決反對增税案）
主語是第二人稱	命令式	君はもっと勉強しなければならない。 （你還要再用功一點才行）

（２）各種變形

①

把 $\begin{Bmatrix} ～なければ \\ ～なくては \end{Bmatrix}$ 和 $\begin{Bmatrix} ～ならない \\ ～いけない \end{Bmatrix}$ 組合在一起共有四種説法。

～なければなりません　　～なくてはなりません
～なければいけません　　～なくてはいけません

～なければ　～ならない（間接的）	與行為者的意志没無關，而是被要求的事情。
～なくては　～いけない（直接的）	尚留有行為者本身主體的判斷做最後決定的餘地。

②～なければだめです　使用「だめ」取代「ならない」，
　～なくてはだめです　是口語化的表現。

③～ねばならぬ，等等　「なげれば」縮為「文語」的「ねば」
　（文章體）　　　　　「ない」縮為「文語」的「ぬ」
④～べき　　　　　　　文語（日本的文言文）

（3）「～なければならない」和「勧誘」不同

在英語中説 "You must eat it." 似乎帶有勧誘的意思，如果直接翻譯成「あなたはこれを食べなければなりません（你一定要吃這個）」，會讓人嚇一跳的。其實這句英語的意思是：

ぜひ召し上がってください。（拜託你無論如何一定要嘗一下）

ぜひ食べたほうがいいですよ（我勧你無論如何最好要吃它）

（4）「～なければならない」的擴大

委婉的拒絶	「今晩一杯どうですか。」（今天晩上喝一杯如何？）「折角ですが、この仕事はどうしても今日中にしてしまわなければなりませんので……」（承蒙您的好意，但是這件工作因為無論如何今天之內一定要完成，所以……」
辯解藉口推辭	「どうして先週いらっしゃなかったのですか。」（上星期您為什麼没有來呢？）「すみません。急に出張しなければならなくなったんです。」（真對不起，因為突然非得出差不行）

４６　不必要「～なくてもいい」

今日お金を払わなくてもいいです。　　今天不必付錢。
（きょう　かね　はら）

（１）「～なくてもいい」的基本意思

①　没有做某事的必要

もう一度打ち直さなくてもいいです。（不必重新再打一遍）
（いちど　なお）

その文書のコピーがとってあります。打ち直すのはむだです。
（ぶんしょ）（う　なお）
（這文件已經影印了。重打一遍很浪費時間）

打ち直す必要がありません。　　（没有重新再打的必要）
（う　なお　ひつよう）　　　　　（没有必要重新再打）

「打ち直す（重打）」＋「なくてもいい（可以不必）」

②　允許不做某事

ニンジンが嫌いなら食べなくてもいいですよ。
（きら）（た）
（如果討厭吃胡蘿蔔，可以不要吃）

本当は食べた方が体にいいのだが、（本來吃的話對身體比較好
（ほんとう）（た　ほう　からだ）
・・・・・・食べないことは許可する。
（た）（きょか）
，但是因為・・・・・・的緣故
允許你不吃）

「食べない（不吃）」＋「てもいい（也可以）」

（２）種種變形

①　〜なくてもかまいません（不〜也没關係）

入場料を　払わなくてもいいです。　　　　　（不必付入場費）

入場料を払わなくてもかまいません。（不付入場費没關係）
　　　　　　　　　　　　　　　　　《消極的、委婉的》

②　〜必要はありません。（没有〜的必要）

入場料を払う必要はありません。　　　（没有付入場費的必要）

（３）「〜なくてもいい」的擴大

有時候會由「しなくてもいい（不必〜）」轉變為帶有「してはいけない（不准〜）」，表示「禁止」意思的情況。

そんなことをしなくてもいい。‥‥＞してはいけない。
（你何必做那種事）　　　　　　　　　（不准做那種事）
　　不必要　　　　　　　　⇨　　　　禁止

４７　可　能

<ruby>私<rt>わたし</rt></ruby>は<ruby>泳<rt>およ</rt></ruby>ぐことができます。	我會游泳。
<ruby>私<rt>わたし</rt></ruby>は<ruby>泳<rt>およ</rt></ruby>げます。	我會游泳。
<ruby>私<rt>わたし</rt></ruby>は<ruby>水泳<rt>すいえい</rt></ruby>ができます。	我會游泳。
<ruby>子供<rt>こども</rt></ruby>は<ruby>半額<rt>はんがく</rt></ruby>で<ruby>入<rt>はい</rt></ruby>ることができます。	小孩可以半價進場。
<ruby>子供<rt>こども</rt></ruby>は<ruby>半額<rt>はんがく</rt></ruby>で<ruby>入<rt>はい</rt></ruby>れます。	小孩可以半價入場。
<ruby>子供<rt>こども</rt></ruby>は<ruby>半額<rt>はんがく</rt></ruby>で<ruby>入場<rt>にゅうじょう</rt></ruby>できます。	小孩可以半價入場。

（１）可能的表現

可能的表現有以下三種。

① 動詞基本形加上「ことができます（會～）」

　　<ruby>私<rt>わたし</rt></ruby>は<ruby>泳<rt>およ</rt></ruby>ぐことができる。　　　<ruby>私<rt>わたし</rt></ruby>は<ruby>読<rt>よ</rt></ruby>むことができる。
　　（我會游泳）　　　　　　　　　（我會讀書）

② 使用可能動詞。（後面會敍述可能動詞的造法規則）

　　<ruby>私<rt>わたし</rt></ruby>は<ruby>泳<rt>およ</rt></ruby>げる。　　　　　　　<ruby>私<rt>わたし</rt></ruby>は<ruby>読<rt>よ</rt></ruby>める。
　　（我會游泳）　　　　　　　　　（我會念）

③ 使用「できる（會・能夠・可以）」。

　　<ruby>私<rt>わたし</rt></ruby>は<ruby>水泳<rt>すいえい</rt></ruby>ができる。　　　　　（我會游泳）

　　<ruby>暇<rt>ひま</rt></ruby>なとき、<ruby>読書<rt>どくしょ</rt></ruby>ができる。　　（有空的時候，我可以讀書）

除了這三種以外，有時候也會使用「可能」這個字本身，產生「～ことが可能だ（～是可能的／～是辦得到的）」的說法。

（2）可能動詞的造法

①將五段動詞的語尾的音（う段）改為（え段），再接「る」。

読む ⇨ 読め ＋る⇨ 読める

会う ⇨ 会え ＋る⇨ 会える

這種把「五段動詞」改為「下一段動詞」的操作，文法上叫做「可能動詞化」。

②如果本來就是一段動詞，便無法進行「可能動詞化」了。

最容易被弄錯的例子之一，就是有的學生明明「見る」是「下一段動詞」，却利用前面①的「可能動詞化」來使「見る」變成「見れる」，下面二例都是錯誤的示範。

見る ⇨ 見れ ＋る⇨ ×見れる

食べる⇨ 食べれ＋る⇨ ×食べれる

一段動詞要「可能化」，唯一的途徑就是在其後面接「尊敬・被動・可能・自發」助動詞的「られる」。

食べる ⇨ 食べ＋ **られる** ⇨ 食べられる

見る ⇨ 見 ＋ **られる** ⇨ 見られる

③不規則動詞

来る⇨来られる （利用可能助動詞「られる」）

する⇨できる （利用「できる」取代「する」）

　　「五段動詞」一旦經過「可能動詞」變成「下一段動詞」之後，將來的語尾活用變化，就完全依照下列所示的「一段動詞」各種形式來變化。

読める	読めない	読めます	読めません
読めた	読めなかった	読めました	読めませんでした
読めて	読めないで		
	読めなくて		
読めれば	読めなければ		

（3）可能的意思

　　在這裡所説的「可能」，包含二種意思。

(1)　經過練習，學會掌握技術之後的結果，就變成為具有照這樣做的能力。（相當於中文的「能夠・會～」）

(2)　如此做的話，一般來説是可能的（辦得到的），被允許的。（相當於中文的「可以・可能・可能會・允許・能～」

　　日語中，並沒有將上述兩種説法用不同的方式來表達，基本上「可能的表現」有（1）所提的三種形態，其主要的區別是用「字形（用詞的形状）」來分的，而不是根據意思來區分的。

　　我們之所以要教「意思上的不同」，主要是因為中文在這方面與日文有截然的不同，很容易混淆。千萬要記住，**中文把(1)解釋成「有能力做某件事情」，而(2)是指「有這個可能性・這件事是可以發生的」**。其區分要領請看下面的例句比較。

(1)學習技術結果， 　所獲得的能力	(2)一般性的可能、許可
私は泳ぐことができます。 （我會游泳）	ここでは１０時まで泳げます。 （這裡可以游到十點）
この子は英語が話せます。 （這小孩會說英文）	教室では英語が話せません。 （在教室中不可說英語）
花子は自転車に乗れます。 （花子會騎脚踏車）	子供は半額で入れます。 （小孩可以憑半價進場）
太郎はワープロができます。 （太郎會使用文書處理機）	雨の日でも野球ができます。 （即使下雨天也能打棒球）

（4） 可能表現的句型

英語の新聞を読みます。 （看英文報紙）	⇨英語の新聞が読めます。 （看得懂英文報紙）
その町まで30分で行きます。 （要花30分鐘去到這城市）	⇨その町まで30分で行けます。 （花30分鐘可以到這城市）

　　要把普通的句子，改成「可能表現」，記得把「～を」改成「～が」，其他的格助詞則不變。

　　有時候原來句子主語要改為「に」。用「に」表示「能力的所有者」。因此對於一個句子，會產生兩種「可能」的句子。

私はこの問題を解きます。 （我要解答這個問題）	
私は　この問題が解けます。 （我會解答這個問題）	私は　この問題が解けません。 （我不會解答這個問題）
私にはこの問題が解けます。 （我會解答這個問題）	私にはこの問題が解けません。 （我不會解答這個問題）

「には」給人有「對～而言」的感覺，如「私には（對我而言）」。改成「には」的時候，雖然以用在否定形方面為多。但倒沒有嚴格規定。

僕<ruby>ぼく</ruby>に<u>で</u>きないことが君<ruby>きみ</ruby>にできるか。

（我不會的事情，你會嗎？）

？ 僕<ruby>ぼく</ruby>が<u>で</u>きないことが君<ruby>きみ</ruby>が<u>で</u>きるか。

用「が」並不是不行，而是當用了之後，會像第二句這樣，造成太多「が」容易混淆不清，這個時候，最好改使用「に」。

48 傳聞的表現「～そう」

雨が降るそうです。　　　　　　聽説會下雨。

雨が降ったそうです。　　　　　聽説下了雨。

雨が降っているそうです。　　　聽説正在下雨。

　最容易混淆的「そう」有兩個。一個是傳聞的「そう」，一個是樣態的「そう」。這一節是討論有關「傳聞」的「そう」。下一節再討論「樣態」的「そう」。在此為了區別清楚起見，所以決定用「～そう」表「傳聞」，用「－そう」表「樣態」。

（1）「～そう」（傳聞）

　傳聞的「～そう」也可以用「～と言っている（聽説・據説～）」這個「片語」來取代。

　雨が降るそうです。＝雨が降ると言っています。
　（聽説會下雨）

　在「そう」前面的活用形，「現在式和過去式」都可以，甚至「肯定形和否定形」也没關係。這完全要看「傳聞」本身的事實內容而定。

雨が降ったそうです。　　　　　聽説下了雨／據説下過雨。

地震があったそうです。　　　　聽説曾發生過地震。

雪が積もっているそうです。　　聽説已經積雪了。

大きな事故にはならなかった　　據説没有釀成大事故。
そうです。

「そう」自己本身並没有時式的變化。因此不能説：

× 雨<ruby>あめ<rt></rt></ruby>が降<ruby>ふ<rt></rt></ruby>ったそうでした。　⇨没有「過去聽説～」的説法。

（２）表示傳聞的來源出處

傳聞的來源出處是利用「～によると」「～では」等來表示

テレビによると	（據電視報導）
テレビのニュースによると	（根據電視的新聞）
松田<ruby>まつだ<rt></rt></ruby>さんによると	（根據松田先生）
松田<ruby>まつだ<rt></rt></ruby>さんの話<ruby>はなし<rt></rt></ruby>によると	（根據松田先生的説法）
松田<ruby>まつだ<rt></rt></ruby>さんの話<ruby>はなし<rt></rt></ruby>では	（依松田先生的説法）

下面再接「傳聞的內容」，如：

事故<ruby>じこ<rt></rt></ruby>の犠牲者<ruby>ぎせいしゃ<rt></rt></ruby>は数十人<ruby>すうじゅうにん<rt></rt></ruby>に昇<ruby>のぼ<rt></rt></ruby>ったそうです。
（聽説事故的犠牲者已經高達數十人）

４９　樣態的表現「－そう」

花子は嬉しいそうです。	花子好像很高興的樣子。
花子は嬉しそうな顔をしています。	花子裝出一副好像很高興的表情。
あっ、テーブルから花瓶が落ちそうだ。	啊，花瓶快要從桌上掉下來了。
雨が降りそうです。	好像快要下雨的樣子。
あの人は自動車を買いそうです。	那人好像要買汽車。

（１）「－そう」（樣態）

　　樣態的「－そう」是接在**動詞的連用形**後面。所形成的組合,結果成為一個"な形容詞"。

　　　降りそうだ。　　　　　　　（看樣子要下雨了）

　　　降りそうな　天気。　　　　（快要下雨的天氣）

　　　降りそうに　なる。　　　　（似乎就要下雨了）

　　「－そう」也可以接在「一部分形容詞和な形容詞」的語幹之後。

おい
美味しい　　　　　　（好吃的）

おい
美味しそう　　　　　　（看起來好像很好吃的樣子）

おい　　　　うなどん
美味しそうな鰻丼　　（看起來好像很好吃的鰻魚飯）

けんこう
健康な　　　　　　　　（健康的）

けんこう
健康そう　　　　　　　（看起來好像很健康）

けんこう　　　　あか
健康そうな赤ちゃん　（看起來好像很健康的嬰孩）

　　比較特殊的種情形，就是「いい（好）、ない（沒有）」各別變為「よさそう（好像很好）、なさそう（好像沒有）」。不能夠接在表示「一看就馬上看得出來的狀態」的用詞後面。

×　きれいそう　　　　　（因為漂不漂亮應該一看就知道，怎麼可以用「好像很漂亮的樣子」呢？）

（2）「－そう」的意思

　　「－そう」的意思雖然都是「～ように見える（看起來好像～似的，顯得～的樣子）」。但是，依前面所接的單詞種類不同，還可以進一步地細分。

樣態	無意志動詞	形容詞、狀態動詞
緊迫	無意志動詞	瞬間動詞＋臨場感
預測	無意志動詞	瞬間動詞、繼續動詞
未發生	意志動詞	繼續動詞

（3）樣態（狹義的「樣態」）

在形容詞後接「－そう」的情況，是「樣態」最原始的意思。

【い形容詞】　嬉^{うれ}しそう　（好像很高興的樣子）

詞幹

　＋　　　　美味^{おい}しそう（好像很好吃的樣子）

そう

　　　　　　痛^{いた}そう　　　（好像很痛的樣子）

　　　　　　欲^ほしそう　　（好像很想要的樣子）

【な形容詞】　静^{しず}かそう　（好像很安静的樣子）

詞幹

　＋　　　　暖^{あたた}かそう　（好像很温暖的樣子）

そう

　　　　　　健康^{けんこう}そう　（好像很健康的樣子）

　　　　　　元気^{げんき}そう　（好像很有精神的樣子）

在動詞之中，狀態動詞也可視同上面形容詞的情形來考慮。

【狀態動詞】　ありそう　　（好像有的樣子）

　　　　　　かかりそう（好像關係到～的樣子）

可能動詞也是狀態動詞的一種。

【可能動詞】　できそう　　（好像會～的樣子）

　　　　　　読^よめそう　　（好像看得懂的樣子）

　　　　　　買^かえそう　　（好像買得起的樣子）

　　　　　　行^いけそう　　（好像行得通的樣子）

（可能形）　食^たべられそう（好像可以吃的樣子）

覚えられそう（好像懂得要領的樣子）

「たい形」也是形容詞的一種。

【たい形】　読みたそう（好像很想讀的樣子）

買いたそう（好像很想買的樣子）

食べたそう（好像很想吃的樣子）

このバナナは太くて、美味しそうだ。　　　［形容詞］
（這根香蕉很飽滿，好像很好吃的樣子）
花子は美味しそうな鰻を食べている。
（花子正在吃着看起來好像很好吃的鰻魚）
太郎はワインを美味しそうに飲んでいる。
（太郎正以一種很香醇甜美般地表情在喝酒）
あの人はお金がありそうだ。　　　　　　　［狀態動詞］
（那個人似乎很有錢似的）

（４）緊迫（立刻就快要發生／眼看着就要～了）

「－そう」的意思當中，最突出的一個用法，就是表達一種「緊迫」的意思。使用這種用法時，「臨場感」非常重要。

あっ、テーブルから花瓶が落ちそうだ。
（啊！花瓶快要從桌上掉下來了）
谷からころげ落ちそうになりました。
（眼看着就要從山谷跌落下來的樣子）

　　會産生這種意思的動詞，都是一些下列的動詞。

[**瞬間動詞**]　落ちそう（眼看就快要掉下來了）
　　　　　　　　き
　　　　　　　切れそう（眼看就快要斷了）
　　　　　　　たお
　　　　　　　倒れそう（眼看就快要倒下來了）
　　　　　　　しず
　　　　　　　沈みそう（眼看就快要沈下去了）
　　　　　　　わ
　　　　　　　割れそう（眼看就快要破裂了）

這些動詞，文法上將它歸納在所謂的「瞬間動詞」範圍裡面。
被動態也有瞬間動詞的作用。
　　　　　　　　た
[**被動態**]　　食べられそう（快要被吃）

　　　　　　とられそう（快要被搶走）

　　　　　　やられそう（快要被打敗）

　　所謂的瞬間動詞是「表示状態變化」的動詞，因為其變化的時
間是在一瞬之間，所以取名為瞬間動詞。瞬間動詞＋「－そう」
是表示「事態已經接近變化的時刻」。因此才會産生這種緊張的
氣氛。

　　但千萬別誤會，以為只要是「瞬間動詞」，就必然會産生這種
意思。所謂「緊張・緊迫」是因為説話者在現場，把他所捕捉到
的「第一現場畫面」馬上就脱口而出的情況下才會發生的。因此，
**這種緊張的時刻，根本不可能還有什麼心情去造一個有完整「主
題～述語」的這種「題述判斷句」，自然就形成「無題句」了。**
但如果從形式上來説的話，主題應該是用「～が」來表示。

　　下面就把它來和繼續動詞做個比較。

瞬間動詞	繼續動詞
花瓶が落ちそうです。 （花瓶快要掉下來了）	雨が降りそうです。 （好像快要下雨的樣子）
糸が切れそうです。 （線快要斷掉了）	
木が倒れそうです。 （樹木快要倒下來了）	
船が沈みそうです。 （船眼看就要沈没了）	

　　例如，如果有人告訴你説「木が倒れそうですよ（樹快要倒下來了）」，正常人的心理反應，會想到「えっ，そりゃ大変だ（哇，這還得了！佛祖保佑啊！）」。但如果有人告訴你説：「雨が降りそうですよ（快要下雨了）」，你可以用一種很瀟灑的態度回答説「ああ，そうですか（啊，是嗎？）」，心情很悠閑，一點也用不着緊張。

　　還有一件值得注意的事，對於一般動詞而言，「可能形」和「被動形」的形狀雖然相同，但是意思的差別卻極為懸殊。例如「食べられる」有「可能‧被動」兩種意思，但是如果各自接了「－そう」之後，就會分別産生以下的各種意思。

今日は美味しくご飯が食べられそうだ。　〔可能形〕樣態
（今天食慾大開，看様子可以吃得下好幾碗飯）

魚が猫に食べられそうだ。　　　　　　　〔被動式〕緊張
（魚快要被猫偷吃了）

あの魚は猫に食べられそうだ。
（那條魚可能會被猫偷吃）

如果是這個句子的話，聽起來一點都不緊張。不會感到有當場就有一隻貓跑來把魚叨走的緊迫感。如此一來，這時候「－そうだ」的用法就非常接近下面「預測」的意思。

哇！不對！不對！應該説「－そう」的意思有下列的順位關係才對。（注意：＞　代表優先順位）

樣態　＞　特殊的意思　＞　預測　＞　特殊的意思　＞　緊張

（5）預測（大概會～）

對了，如果　既不是状態動詞，也不是瞬間動詞的時候，怎麼辦？還有，雖然是瞬間動詞，但却又不符合上述的條件，又該怎麼辦呢？

雨が降りそうだ。	大概會下雨的様子
あと十日ぐらいで仕事が終わりそうだ。	再十天左右工作，大概就會完成吧。
一週間ぐらいいい天気が続きそうだ。	好天氣大概會持續一個禮拜左右吧。
来月は忙しくなりそうだ。	下個月大概會開始變得很忙。

這些句子，雖然看起來，意思非常接近「様態」，也就是「看起來好像要～的様子」，但由於這些句子裏面的「述語」並非「状態動詞」，而是眞正有動作的動詞。這時候我們可以説它是表示「由目前的状況觀察所見，事先預測會發生的動作」。

（6）未發生（特殊的意思）

以上所談的全部都是無意志動詞接「－そう」的説法。相對之下，意志動詞接「－そう」的情況，就顯得是屬於比較特殊的例子了。

[**意志動詞**] 読^よみそう（即將要念）　買^かいそう（即將要買）

食^たべそう（即將要吃）　言^いいそう（即將要説）

　這種形式帶有「雖然還没有做那個動作，但是從現狀來看，有可能在不久之後，馬上就會去做」，因此取名為「未發生」。

　這個用法，有「説話者在推測第三者的意志」之含意。因此，如果是第一人稱當主語時，而又在意志動詞的後面接「－そう」的話，意思就會變得非常奇怪。因為「自己怎麼會去推測自己的行為」？

　　　　×　僕^{ぼく}は本^{ほん}を読^よみそうだ。（我好像馬上就要念書了）

　如果要那麼説的話，必須要「無意志動詞化」才可以。

僕^{ぼく}は味方^{みかた}を撃^うってしまいそうだ。
（我不小心即將射到我方的人了）

　　讓我們來比較以下的例子吧。

あの人^{ひと}は自動車^{じどうしゃ}を買^かいそうだ。　　[意志動詞] 未發生
（那個人即將要買汽車了）

あの人^{ひと}は自動車^{じどうしゃ}が買^かいたそうだ。　　[たい形]　　樣態
（那個人好像想買汽車了）

あの人^{ひと}は自動車^{じどうしゃ}が買^かえそうだ。　　　[可能動詞] 樣態
（那個人好像買得起汽車了）

（7）否定形

　「－そう」的否定形非常不穩定。似乎没有什麼固定的形狀。因為「－そう」是一種な形容詞（即一般所説的「形容動詞」）所以其否定形原則上是：

　　　　　－そうではない　　（不像是～的樣子）

但是，這種否定形只限於形容詞接「－そう」的情況，至於形容詞以外的，通常都使用：

　　　　　－そうもない　　　（看樣子不可能～）

　　　　　－そうにない　　　（似乎不可能～）

　　　　　－そうにもない　　（似乎不可能～）

　　如果你已經開始會造出「できそうもない（看樣子不可能會）」的句子，哇！你的日語真不是蓋的！

　　会議がすぐ終わりそうもないから、私が先に帰ります。

　　（看樣子會議不可能很快結束，我先回去了）

　　道路は雪につもれて、車が通れそうにない。

　　（道路被雪埋住，車輛似乎不可能過得去）

下面將這幾個非常容易混淆的說法，做表整理：

うれしいそうではない	*うれしいそうもない	*うれしそうにない
*ありそうではない	ありそうもない	ありそうにない
*できそうではない	できそうもない	できそうにない
*読みたそうではない	読みたそうもない	読みたそうにない
*落ちそうではない	落ちそうもない	落ちそうにない
*降りそうではない	降りそうもない	降りそうにない
*買いそうではない	買いそうもない	買いそうにない

５０　被　動

（1）何謂「被動」

所謂「被動態」我們在英語中已經對它很熟悉了。

<ruby>先生<rt>せんせい</rt></ruby>が<ruby>太郎<rt>た ろう</rt></ruby>を<ruby>叱<rt>しか</rt></ruby>る。	老師罵太郎。
<ruby>太郎<rt>た ろう</rt></ruby>が<ruby>先生<rt>せんせい</rt></ruby>に<ruby>叱<rt>しか</rt></ruby>られる。	太郎被老師罵。

　我們就稱這種句型的由「主動句」改變為「被動句」的文法操作手續為「被動」。換言之，這是因為說話者表現的立場改變（由主詞⇨受詞）的緣故。一般語言學中稱之為態（Voice）。被動就是被動態（Passive Voice）。相對於此，原來的句子就稱為主動態（Active Voice）。

（2）被動形的造法

五段動詞	<ruby>叱<rt>しか</rt></ruby>る	<ruby>叱<rt>しか</rt></ruby>ら＋	れる⇨	<ruby>叱<rt>しか</rt></ruby>られる
	<ruby>読<rt>よ</rt></ruby>む	<ruby>読<rt>よ</rt></ruby>ま＋	れる⇨	<ruby>読<rt>よ</rt></ruby>まれる
	<ruby>思<rt>おも</rt></ruby>う	<ruby>思<rt>おも</rt></ruby>わ＋	れる⇨	<ruby>思<rt>おも</rt></ruby>われる
一段動詞	<ruby>見<rt>み</rt></ruby>る	<ruby>見<rt>み</rt></ruby>　＋	られる⇨	<ruby>見<rt>み</rt></ruby>られる
	<ruby>食<rt>た</rt></ruby>べる	<ruby>食<rt>た</rt></ruby>べ＋	られる⇨	<ruby>食<rt>た</rt></ruby>べられる
不規則動詞	<ruby>来<rt>く</rt></ruby>る	<ruby>来<rt>こ</rt></ruby>　＋	られる⇨	<ruby>来<rt>こ</rt></ruby>られる
	する	さ　＋	れる⇨	される

　「思う」改為「思われる」這個地方要特別注意。因為本來應該是「思あれる」，但日本人考慮到嘴形和發音的問題，故意將「あ」⇨「わ」，對所有「～う」的五段動詞皆適用。

　另外，因為「持って来る（拿來）、持って行く（拿去）」事實上整個已形成一個獨立的單詞。因此只需要變化後面的「来る、行く」部分即可。變成「持って来られる（被拿來）、持って行かれる（被拿去）」。「連れてくる（帶來）、連れて行く（帶去）」也有同樣的情形，説成「連れて来られる（被帶來）、連れて行かれる（被帶去）」，但也可以説成「連れられて来る（被帶來）、連れられて行く（被帶去）」，兩種都説得通。

　經過這樣變化之後，所造出來的「被動形」，從此可以將之視為一個新的動詞，並且因為「れる／られる」的關係，以後的一切「活用形變化」規則，一律遵照「一段動詞」的活用規則，來作各形的變化。

（3）被動句的句型

　英語的被動態，主要就是把原來句子的目的語（受詞）移作為主詞，因此只有「及物動詞（＝他動詞）」才能改為「被動句」。但日語的被動觀念有所不同，因為日語「連自動詞也能改成被動」，常被視為“日語的特徵”加以強調。

　但其實提起日語的特徵，應該是「間接的被動」才對。因為即使是自動詞，也不見得全部都能「被動化」。這就是三上章先生發明的新文法名詞，所謂的「所動詞羣」。

> **所動詞＝不能改成被動形的動詞＝**
>
> ある（有）　　できる（會）　　要る（需要）
>
> 見える（看得到）　　聞こえる（聽得見）

　日語的被動，大致可以分為：「自動詞的被動」和「他動詞的被動」。「他動詞的被動」更可細分為「直接的被動」和「間接的被動」。然後各別又可以更細分下去。

	直接的被動	間接的被動
自動詞		私は前の空席に女の人に坐られた （我前面的空位被一個女人坐了）
他動詞	太郎は先生に叱られた （太郎被老師罵了）	私は誰かにフロッピーのデータを 消された。（不知道誰把我磁片的 資料消掉了）

（4）直接的被動

① 以【人】為對象的動詞

太郎は先生に叱られた。 （太郎被老師罵）	⇦　先生が太郎を叱った。 （老師罵太郎）
次郎は太郎に殴られた。 （次郎被太郎揍）	⇦　太郎が次郎を殴った。 （太郎揍次郎）
三郎は太郎に苛められた。 （三郎被太郎欺侮）	⇦　太郎が三郎を苛めた。 （太郎欺侮三郎）
花子は先生に褒められた。 （花子被老師稱讚）	⇦　先生が花子を褒める。 （老師稱讚花子）

這類動詞還有下列許多。

愛する（愛）・慰める（安慰）・可愛がる（喜愛）

憎む（憎恨）・嫌う（討厭）・裏切る（出賣）・誘う（引誘）

頼む（拜託）・助ける（幫助）・指導する（指導）

尊敬する（尊敬）・逮捕する（逮捕）・起訴する（起訴）

市長に選ぶ（選為市長）・信ずる（相信）・信用する（信用）

信頼する（信頼）・支持する（支持）・歓迎する（歡迎）

招待する（招待）・紹介する（介紹）

②其他（**一般的書籍、特別是報紙、雜誌上所採用的被動句**，大
多屬於這一類。叫「自然表明句」，沒有必要表明主詞
是誰？因為那並不重要，主詞反正是人就對了，這種句
子譯成中文時，最忌把「被」字譯出來）

> スピードは、一定の空間を移動するのに要する時間で測られる
> （速度是以移動經過一定空間所需要的時間來測量）
>
> 貿易シンポジウムが開かれた。　　　　（召開貿易專題討論會）
>
> 道路標識には町名が記されている。　　（道路標識上標示街名）
>
> 卒業式が行われる。　　　　　　　　　（舉行畢業典禮）
>
> 雑誌が発行される（発売される／発表される）。
>
> 　　　　　　　　　　　　　　（發行／銷售／發表雜誌）
>
> 道端にゴミが捨てられる。　　　　　　（垃圾丟棄在路旁）

（5）間接的被動

　　間接的被動當中，如果要舉出幾種主要類型，還可分為下列數
種。

①是由自動詞所造出來的，典型的「**受害的被動**」。
②有關身體某一部分的被動，該部分的所有人就是主語。
③有關所有物（財產）的被動，其所有人就是主語。
④間接受詞的被動。間接受詞（〜に）就是主語。
⑤其他。

①自動詞（表示被動者因為這個動作而心情大受困擾）

<table>
<tr><td>雨<ruby>あめ<rt>あめ</rt></ruby>に降<ruby><rt>ふ</rt></ruby>られる。
（被雨淋得落湯鶏）</td><td>⇐</td><td>雨<ruby><rt>あめ</rt></ruby>が降<ruby><rt>ふ</rt></ruby>る。
（下雨）</td></tr>
<tr><td>親<ruby><rt>おや</rt></ruby>に死<ruby><rt>し</rt></ruby>なれる。
（遭受喪失父母之痛）</td><td>⇐</td><td>親<ruby><rt>おや</rt></ruby>が死<ruby><rt>し</rt></ruby>ぬ。
（雙親去世）</td></tr>
<tr><td>赤<ruby><rt>あか</rt></ruby>ちゃんに泣<ruby><rt>な</rt></ruby>かれる。
（被孩子哭鬧不得安寧）</td><td>⇐</td><td>赤<ruby><rt>あか</rt></ruby>ちゃんが泣<ruby><rt>な</rt></ruby>く。
（孩子哭）</td></tr>
<tr><td>人<ruby><rt>ひと</rt></ruby>に来<ruby><rt>こ</rt></ruby>られる。
（不速之客來訪）
（言下之意，害我不能做本來想做的事）</td><td>⇐</td><td>人<ruby><rt>ひと</rt></ruby>が来<ruby><rt>く</rt></ruby>る。
（人來）</td></tr>
<tr><td>前<ruby><rt>まえ</rt></ruby>の空席<ruby><rt>くうせき</rt></ruby>に女<ruby><rt>おんな</rt></ruby>の人<ruby><rt>ひと</rt></ruby>に坐<ruby><rt>すわ</rt></ruby>られた。
（前面的空位被女人坐了）
（言下之意，害我看不到銀幕）</td><td>⇐</td><td>女<ruby><rt>おんな</rt></ruby>の人<ruby><rt>ひと</rt></ruby>が前<ruby><rt>まえ</rt></ruby>の空席<ruby><rt>くうせき</rt></ruby>に坐<ruby><rt>すわ</rt></ruby>った。
（女人坐在前面的空位）</td></tr>
</table>

②身體的一部分

<table>
<tr><td>友達<ruby><rt>ともだち</rt></ruby>に肩<ruby><rt>かた</rt></ruby>を叩<ruby><rt>たた</rt></ruby>かれる。
（肩膀被朋友拍）</td><td>⇐</td><td>友達<ruby><rt>ともだち</rt></ruby>が［私<ruby><rt>わたし</rt></ruby>の］肩<ruby><rt>かた</rt></ruby>を叩<ruby><rt>たた</rt></ruby>く。
（朋友拍［我的］肩膀）</td></tr>
<tr><td>知<ruby><rt>し</rt></ruby>らない人<ruby><rt>ひと</rt></ruby>に足<ruby><rt>あし</rt></ruby>を踏<ruby><rt>ふ</rt></ruby>まれる
（被不認識的人踩到腳）</td><td>⇐</td><td>知<ruby><rt>し</rt></ruby>らない人<ruby><rt>ひと</rt></ruby>が［私<ruby><rt>わたし</rt></ruby>の］足<ruby><rt>あし</rt></ruby>を踏<ruby><rt>ふ</rt></ruby>む。
（不認識的人踩到［我的］腳）</td></tr>
<tr><td>犬<ruby><rt>いぬ</rt></ruby>に手<ruby><rt>て</rt></ruby>を嚙<ruby><rt>か</rt></ruby>まれる。
（手被狗咬）</td><td>⇐</td><td>犬<ruby><rt>いぬ</rt></ruby>が［私<ruby><rt>わたし</rt></ruby>の］手<ruby><rt>て</rt></ruby>を嚙<ruby><rt>か</rt></ruby>む。
（狗咬［我的］手）</td></tr>
<tr><td>虫<ruby><rt>むし</rt></ruby>に顔<ruby><rt>かお</rt></ruby>を刺<ruby><rt>さ</rt></ruby>される。
（臉被蟲叮到）</td><td>⇐</td><td>虫<ruby><rt>むし</rt></ruby>が［私<ruby><rt>わたし</rt></ruby>の］顔<ruby><rt>かお</rt></ruby>を刺<ruby><rt>さ</rt></ruby>す。
（蟲叮到［我的］臉）</td></tr>
</table>

③所有物

泥棒にお金を盗まれた。 （錢遭小偸偸了）	⇐ 泥棒が［私の］お金を盗んだ。 （小偸偸了［我的］錢）
誰かにフロッピーのデータ⇐ を消された。 （磁片的資料被誰消掉了）	誰かが［私の］フロッピーのデ ータを消した。 ⇐（誰把［我］磁片的資料消掉了）
友達に手紙を読まれた。 （被朋友偸看到了信）	⇐ 友達が［私の］手紙を読んだ。 （朋友看了［我的］信）

④動作所朝的對象

タクシーに泥水を引っかけ⇐ られた。 （被計程車濺了一身泥水）	タクシーが私に泥水を引っかけ る。 （計程車把泥水濺到我）
子供に石を投げられた。 （被小孩丢石頭）	⇐ 子供が私に石を投げた。 （小孩對我丢石頭）
デモの人々に背中に石を ⇐ ぶつけられた。 （被示威的群衆用石頭丢背）	デモの人々が私の背中に石を ぶつけた。 （示威的群衆用石頭丢我的背）
デモの人々に頭に水をかけ⇐ られた。 （被示威的群衆用水澆頭）	デモの人々が私の頭に水をかけ た。 （示威的群衆用水澆我的頭）

⑤其他

その研究者は職を奪われた。 <ruby>研究者<rt>けんきゅうしゃ</rt></ruby> <ruby>職<rt>しょく</rt></ruby> <ruby>奪<rt>うば</rt></ruby> （那研究者被革職）	⇐ ［その組織は］研究者の職を奪った。 <ruby>組織<rt>そしき</rt></ruby> <ruby>研究者<rt>けんきゅうしゃ</rt></ruby> <ruby>職<rt>しょく</rt></ruby> （［那個組織］革研究者的職
従業員は単身赴任を強いられた <ruby>従業員<rt>じゅうぎょういん</rt></ruby> <ruby>単身赴任<rt>たんしんふにん</rt></ruby> <ruby>強<rt>し</rt></ruby> （員工被強制單身到外地上班）	⇐ ［その会社は］従業員に単身赴任を強いた。 <ruby>会社<rt>かいしゃ</rt></ruby> <ruby>従業員<rt>じゅうぎょういん</rt></ruby> <ruby>単身<rt>たんし</rt></ruby> （［那家公司］強迫員工單身到外地上班）
歩道橋は醜い体に、標語や広告をいっぱいつけられている。 <ruby>歩道橋<rt>ほどうきょう</rt></ruby> <ruby>醜<rt>みにく</rt></ruby> <ruby>体<rt>からだ</rt></ruby> <ruby>標語<rt>ひょうご</rt></ruby> <ruby>広告<rt>こうこく</rt></ruby> （路橋被人在難看的外表上貼滿了標語和廣告）	⇐ ［彼らは］歩道橋の醜い体に、‥をいっぱいつけている <ruby>彼<rt>かれ</rt></ruby> <ruby>歩道橋<rt>ほどうきょう</rt></ruby> <ruby>醜<rt>みにく</rt></ruby> <ruby>体<rt>からだ</rt></ruby> （［他們］在路橋難看的外表上貼滿了標語和廣告）

（6）有關標示「行為者」是誰的「助詞」

　　表示行為者的格助詞，一般來説是用「に」比較好，但有時候也可以用「によって・から」。

　　比較外國語言，英語用「by」，義大利語用「da」，德語用「von」等等。義大利語的「da」本來是「から」的意思，而德語的「von」本來也是「の」或是「から」的意思。因此日語有時候用「から」，也並非完全沒有他的道理。

---

①用「に」和「から」皆可的情況。
　　凡是以［人］為對象的動詞，這種情況下［如（4）的①］差不多用「～に」或用「～から」都可以説得通，説不通的只有像「逮捕する（逮捕）」這個極少數的動詞。

②「によって」
　（a）最常使用情況（不能用「～に」的情況＝怕會讓人誤解以為這個「に」是表示「製造生産出來之後的産物所要給的

對象」，如此會使得下面二句被讀者誤以為是「法隆寺是蓋給聖德太子的」「這雜誌是編出來給年輕人的」，因此改用「によって」以免發生誤解。

ほうりゅうじ　しょうとくたいし　　　　　た
法隆寺は聖徳太子によって建てられた。

（法隆寺是由聖德太子所建造的）

ざっし　わか　ひと　　　　　　　　へんしゅう
この雑誌は若い人たちによって編集されている。

（這雜誌是由一群年輕人所編輯出版的）

(b) 雖然有些許的不自然，但被用於「書面的・中立的・客觀的記述」的情況。（大部分的「によって」都歸於此類）

じろう　　　　　　　　　　　　お　　　　　　　　　　　えきいん　　　　　たす
次郎はホームから落ちそうになったところを駅員によって助けられた。

（正當次郎快要從月台掉落的時候，為車站人員所救）

(c) 特別不自然的情況（完全是受到英文直譯的影響）

かれ　　　　　　　　　　　す
×彼はみんな　によって　好かれている。

（他被大家所喜愛）

５１　使　役

（１）何謂「使役」

把「Ａ做什麼」改成「Ｂ叫（強迫／命令）Ａ做什麼」，或者是表示「消極的同意・寬容」，或「放任・不干涉」等意思的時候，文法上命名為「使役」。因為它和「被動」同樣是改變說話者的立場，所產生的一種表達方式。所以使役也是態（Voice）的一種。在英語中稱為使役態（Causative Voice）。

（２）使役形的造法

五段動詞	書く ⇨ 書か ＋ せる ⇨ 書かせる
	読む ⇨ 読ま ＋ せる ⇨ 読ませる
	思う ⇨ 思わ ＋ せる ⇨ 思わせる
一段動詞	見る ⇨ 見 ＋ させる ⇨ 見させる
	食べる ⇨ 食べ ＋ させる ⇨ 食べさせる
不規則動詞	来る ⇨ 来 ＋ させる ⇨ 来させる
	する ⇨ さ ＋ せる ⇨ させる

經過上面手續所產生出來的使役形，事實上可以把它當成「一個動詞」整體來看待，一切的變化形採「一段動詞」的規則。

使役形還可更進一步變為被動形，就是所謂「**被動的使役**」，或「**使役的被動形**」，其形狀有兩種——「**長形和短形**」。

其中尤其是「短形」的「される」內的「さ」常被誤認為是「する」的變化，正確應該是「せら」縮音⇨「さ」才對。

長形　kak-ase-rareru　　「書かせられる」　⇨被迫寫
　　　kak-as(er)areru
短形　kak-asareru　　　「書かされる」　　⇨被迫寫

　長形是循規蹈矩依照造「使役形」和「被動形」的規則所得的結果。而短形則是把長形中的-er-刪除掉，所得的簡縮形結果。

使役形「読ませる」的變化

		普通形		敬體形	
		肯定形	否定形	肯定形	否定形
敍述形	現在	読ませる	読ませない	読ませます	読ませません
	過去	読ませた	読ませなかった	読ませました	読ませませんでした
連體形	現在	読ませる	読ませない	読ませます	読ませません
	過去	読ませた	読ませなかった	読ませました	読ませませんでした
意志形		読ませよう	――――	読ませましょう	――――
命令形		読ませろ 読ませよ	読ませるな	――――	
中止形		読ませ	読ませず	――――	――――
て形		読ませて	読ませないで 読ませなくて	読ませまして	読ませませんで
たら形		読ませたら	読ませなかったら	読ませましたら	読ませませんでしたら
ば形		読ませれば	読ませなければ	――――	――――

基本形	使役形	使役形的被動形 （長形）	使役形的被動形 （短形）
書く 飲む 待つ	書かせる 飲ませる 待たせる	書かせられる 飲ませられる 待たせられる	書かされる 飲まされる 待たされる

（3）使役的句型

依原來的句子是他動詞句或自動詞句，可以分成下面二大類。「動作主體」就是指眞正做動作的那個人，也就是「被使役者」

① 是他動詞句時，動作的主體用「に」表示。

[原句]　　　　Aが　Cを　～する
[使役句] Bが　Aに　Cを　～させる

② 是自動詞句時，動作的主體用「を」或「に」來表示。

[原句]　　　　Aが　～する
[使役句] Bが　Aを　～させる／Bが　Aに　～させる

原句的述語是「意志動詞」時，「Aを～」和「Aに～」兩種都説得通。但若　原句的述語是「無意志動詞」時，只能説「Aを～」，不能説「Aに～」。

Aを　行かせる。　　　　Aを　笑わせる。
Aに　行かせる。　　×Aに　笑わせる。

（4）使役句的使用

① 一般的使役　「【人】に～させる」 （叫【人】做～）

這是最初歩的使役句。也就是「以人當主語的他動詞句的使役句」。

みなは　縄跳びの練習をする。
（大家做跳繩練習）

（先生は）　みなに　縄跳びの練習をさせる。
{（老師）叫大家做跳繩練習}

先生はみなに一本ずつ縄を配って縄跳びの練習をさせた。
（老師分配給每人一條繩子叫大家做跳繩練習）

② 謙譲的動作「させてもらう／〜させていただく」

利用「〜させてもらう／〜させていただく」來表現謙譲的「〜する」。意思是「説話者想做一件事，事先請求別人同意」如果對方同意，並允許你做了，便採過去式。

お餅搗きをさせてもらいました。	（讓我做了年糕）
コンピュータを使わせてもらいました。	（讓我使用了電腦）
ピアノを弾かせていただきました。	（允許我彈了鋼琴）

③ 他動詞化

☆大量輸送機関には、大量輸送機関を接続させて、移動しやすくする。	大量運輸機構，把大量運輸工具連接起來，使其運送更順暢。
☆新方式はこの発想を百八十度転換させた。	新方法使得整個想法完全改觀。
☆子供の時間帯にＣＭを集中させる。	使廣告集中在兒童節目時段。
☆食器を洗う、雑巾を縫うという能力を後退させないようにする。	設法不要使洗碗、縫抹布這類的能力退步。
☆仕事と余暇をほどほどに両立させる。	使工作和休閒能夠適度地調和。

如果我們使它們還原成原來的句子，就會發現都變成「以無生物當主詞，以自動詞當述語」的句子，「使役形」的功能便是使本來的「自動詞句」變成「他動詞句」，文法上稱之為「他動詞化」，有了這種方便的文法利器，今後當某個動詞缺乏「他動詞」時（意味辭典中該動詞只有「自動詞」的用法），我們便可以利用「せる／させる」接在「自動詞」的後面，自己造一個了。

はっそう　てんかん 発想が転換する。 （想法改變）	⇨	はっそう　てんかん 発想を転換させる。 （使想法改變）
しゅうちゅう ＣＭが集中する。 （廣告集中）	⇨	しゅうちゅう ＣＭを集中させる。 （使廣告集中）
のうりょく　こうたい 能力が後退する。 （能力退步）	⇨	のうりょく　こうたい 能力を後退させる。 （使能力退步）
しごと　よか　りょうりつ 仕事と余暇が両立する。 （工作和休閒調和）	⇨	しごと　よか　りょうりつ 仕事と余暇を両立させる。 （使工作和休閒調和）

④　使役的被動

我們來舉若干使役被動形的例子，這些例子的「（さ）せられる」的解釋，事實上也是由被動助動詞「られる」和使役助動詞「（さ）せる」各出一半的意思所組成，但因「られる」的意思含括「被動」和「自發」，故結果產生「被迫～」及「不由得使（讓）～」這兩種意思。

しんかんせん　　　　　　　　さいばん ☆新幹線のスピードをめぐる裁判で、 　「スピード」についていろいろ考え 　させられた。	在審理有關新幹線速度的案子時，不由得讓我們對於「速度」這問題做了許許多多的考慮。
☆みなで干潟わきに建てたプレハブ 　さぎょうごや　てっきょ 　の作業小屋が撤去させられた。	大家在沙灘旁邊所蓋的臨時簡便作業小屋被迫拆除了。

☆流れ作業できりきり舞いをさせられた。

因一貫作業生産被迫忙得團團轉。

☆転勤命令を拒んで、会社を辞めさせられた。

因拒絶調差命令，而被迫離職。

```
┌──────────────────────────────────┐
│        ５２　授　受               │
└──────────────────────────────────┘
```

私(わたし)はあなたに本(ほん)を読(よ)んであげます。	我念書給您聽。
友達(ともだち)が私(わたし)に英語(えいご)を教(おし)えてくれました。	朋友教我英語。
私(わたし)は友達(ともだち)に英語(えいご)を教(おし)えてもらいました。	我請朋友教我英語

（1）何謂「授受」

日語在表現授受（我們給別人東西／別人給我們東西）的關係時，根據「誰給誰東西？」的不同，所使用的動詞也因而有所不同（這一點和中英文有很明顯的差異）。甚至，不止「東西的授受」，連「行為的授受」方面的表現（是誰為誰而做這行為？）也有類似的情況（就是指「必須使用不同的動詞」）。這一系列的文法，稱為「**授受**」，或稱「**授受表現**」。

（2）牽涉到「授受」問題的動詞

和「授受」問題有關的動詞計有「**あげる・やる・さしあげる・くれる・くださる・もらう・いただく**」等。決定這些動詞的使用標準，要根據「行為者・受益者是誰？」及「該行為者・受益者，是否值得特別表示敬意？」等條件來判斷。

（3）東西的授受與行為的"授受" ——本動詞和補助動詞

①私(わたし)は弟(おとうと)にお菓子(かし)をあげた。
（我給弟弟糖果）
②兄(あに)は私(わたし)にノートをくれた。
（哥哥給我筆記本）
③私(わたし)は弟(おとうと)に字(じ)を教(おし)えてあげた。
（我教弟弟寫字）
④兄(あに)は私(わたし)に辞書(じしょ)を貸(か)してくれた
（哥哥借我辭典）

以上①②句的「あげる、くれる」是以「實物（東西）」為對象，表示實物的授受表現。相對於此，而③④句的「あげる」「くれる」，是分別表示「教える」「貸す」這些動作行為的"授受"表現。

①②的「あげる」「くれる」是當做「本動詞」使用，③④則是當「補助動詞」使用（我們可以在它們的前面找到真正代表行為意思的「本動詞」—— 教える，貸す。

（4）「あげる・やる・さしあげる」的句型

わたし　　　　おほ　　　こども　　たす
私は　　　溺れそうな子供を　助けてあげました。
（我救了快要溺水的小孩）

わたし　　　　　　　　　かね　　か
私は　ジョンさんに　お金を　貸してあげました。
（我借錢給約翰）

わたし　　　　　はな　　みず　　ま
私は　　　花に　　水を　撒いてやります。
（我給花澆水）

わたし　　　　せんせい　てがみ　　か
私は　　　先生に　手紙を　書いてさしあげました。
（我寫信給老師）

```
Aは　Bを　Vて　あげる
Aは　Bに　Vて　あげる
　A‥‥「我」或者「我這邊」的人
　B‥‥‥‥接受利益（受惠）的對方
```

「あげる・やる・さしあげる」都是採用相同的句型。

「我」或是「我周遭的人」是行為者，是恩惠的給予者時，一般都用「あげる」。

「やる」是當對方（B）屬於比較低階的人或動植物時使用。

「さしあげる」是當對方（B）被認為是值得特別表示敬意的人時使用。

沒有必要用相同的比重來看待這三個動詞。大致來說，只要固

定使用「あげる」來造句，應該是比較穩當的方式。

至於「さしあげる」有個用法值得注意。

在日常生活當中，我們很少直接對當事者使用「さしあげる」這個動詞，在他背後講給別人聽時使用倒還可以，當面講，似乎就有點「拍馬逢迎」之嫌了。

?先生、荷物を持ってさしあげます。　老師，我來幫您提行李

?先生、黒板を消してあげます。　　　　老師，我來幫您擦黑板

與其用上面的說法，還不如使用「謙遜自己」的說法適當。

先生、お荷物を　お持ち　いたします。老師，我來拿行李。

先生、私が黒板を消しましょう。　　　老師，我來擦黑板吧

至於如何決定該使用「Ｂを」或「Ｂに」，有一套很難的規則，但是，一般的原則如下所示。

V本來就需要【人】を這個直接受詞時	Ｂを	子供を助けてあげた。（救小孩）
V本來就需要【人】に這個間接受詞時	Ｂに	あなたに見せてあげる。（給你看）
V本來不需要【人】に但是在「〜てあげる」的句型中產生需要「Ｂに」這個受惠者時	Ｂに	子供に本を読んであげた。（念書給小孩聽）

其他 　　Ｂの	あなたの絵を買ってあげます。（買您的畫）
Ｂのために	あなたのためにこれを買ってあげます。（為了你而買這個送你）
（Ｂ不表示出）	窓を開けてあげましょう。（我幫你開窗戶吧！）

（5）「くれる、くださる」的句型

となりの人が　私を　　　　　助けてくれました。
（隔壁的人幫助了我）

ジョンさんが　私に　本を　　貸してくれました。
（約翰借給了我書）

先生が　　　私に　推薦状を　書いてくださいました。
（老師幫我寫了推薦函）

Aが　Bを　Vて　くれる
Aが　Bに　Vて　くれる
A‥‥‥第三者（別人）
B‥‥‥接受利益者（受惠者），「我」或「我周遭的人」。

「くれる、くださる」都採用相同的句型。

平常使用「くれる」，但是想要特別對Ａ表示敬意時，就使用「くださる」。

對於該用「Bを」或「Bに」？根據前項「あげる」的原則即可，最特別的是「Bを」省略的情況很多。這是因為我們可以由「くれる」這個字，就知道這個行為是為「我」而做的，因此不必特別提出來，也不會產生誤解。例如下面句子中便看不到「私に」，但意思也絕不會看錯。

先生が推薦状を書いてくださいました。
（老師幫我寫了推薦函）

這個句型對初學者來說特別困難。因為經常會把「くれる」弄錯成「あげる」的緣故。例如「朋友買了許多的東西給我」的説法。

友達は私にいろいろな物を買ってくれました。

＊友達は私にいろいろな物を買ってあげました。

（6）「もらう、いただく」的句型

私<ruby>わたし</ruby>はとなりの人<ruby>ひと</ruby>に助<ruby>たす</ruby>けてもらいました。
（我請隔壁的人幫助了我）

私<ruby>わたし</ruby>はジョンさんに本<ruby>ほん</ruby>を貸<ruby>か</ruby>してもらいました。
（我請約翰幫我借了書）

私<ruby>わたし</ruby>は先生<ruby>せんせい</ruby>に推薦状<ruby>すいせんじょう</ruby>を書<ruby>か</ruby>いていただきました。
（我請老師幫我寫了推薦函）

Ａは　Ｂに　Ｖて　もらう
Ａ……「我」或我周遭的人，同時也是接受利益的人。
Ｂ……實際做動作的人。

「もらう，いただく」都採用和上面相同的句型。

平常使用「もらう」即可，但是想要特別對Ｂ表示敬意的時候就使用「いただく」。

以上三種類，七個動詞的使用方法，要用圖來表示的話，如以下所示。

```
        ↗  さしあげる
   ○   →  あげる
        ↘  やる


   くださる  ↘
   くれる    ↗  ○


   ○  ⌣  いただく
      ⌣  もらう
```

53 理 由

（1）理由的表示法－「ので，から，ため（に），て」

　「漢字がわからない（不懂漢字）」這句話，和「新聞が読めない（看不懂報紙）」這句話，我們如果利用表示原因、理由的關係，將之連接成下面比較長的句子時。

かんじ 漢字がわからないので、	しんぶん　　よ 新聞が読めません。
かんじ 漢字がわからないから、	しんぶん　　よ 新聞が読めません。
かんじ 漢字がわからないために、	しんぶん　　よ 新聞が読めません。
かんじ 漢字がわからなくて、	しんぶん　　よ 新聞が読めません。

改成中文的話，意思大致如下：

> 因為不懂漢字，所以看不懂報紙。
> 因為不懂漢字，所以看不懂報紙。
> 不懂漢字的緣故，所以看不懂報紙。
> 不懂漢字，而看不懂報紙。

　「原因」和「理由」這兩個很容易搞混的用語，其大致區別要領如下：

原因‧‧‧‧‧‧是「結果」的相對詞，造成產生某種結果的根源。
　　　　　原因～理由，之間的關係是「無意志」的。
理由‧‧‧‧‧‧要做某動作的時候，解釋為什麼要做的道理。
　　　　　其動作是「有意志」的。

安（やす）いので，買（か）います。　　（因為便宜，所以買）
安いから，買います。　　（因為便宜，所以買）
＊安いために，買います。　（便宜的緣故，所以要買）
＊安くて、買います。　　　（因為便宜而買）

　當「買います（要買）」這種意志的表現，出現在句子的後半時，如果用「ために・て」，就會變成讓人感覺怪怪的的句子。這是因為「ので・から」是用來表示理由，而「ために・て」是用來表示原因之故。但因為有時候事情並不是那麼單純，區分起來非常微妙，所以一般都習慣說成「原因・理由」。

（2）「ので」與「から」的不同

　表示理由的「ので」和「から」之間，存在有什麼樣的不同？這個問題，別說是初學日文的外國人，就連日本人自己，也經常會感到疑惑而提出疑問。下面就利用兩個句子來探討這問題。

電車（でんしゃ）が遅（おく）れたので、学校（がっこう）に遅（おく）れました。
（因為電車誤點，所以上學遲到了）

電車が遅れたから、学校に遅れました。
（是因為電車誤點，所以我才會上學遲到的）

　「ので」那個句子純粹只是在陳述「造成這個結果的原因事實」。「から」則是「為了造成這個結果，要解釋錯不在他，而儘量把能夠讓人不會責怪他的理由提出來」。帶有「私が悪いわけではない（並非我的錯）」這種微妙的「言下之意」。
　但是對初學者來說，語感上的差異倒還其次，更重要的是：

① 　接續方法的不同。
② 　「ので」的句子有句尾的限制條件。

　下面就來探討這兩點。

（3）「ので」和「から」接續方法的不同。

「ので」是接在連體形之後，「から」是接在敘述形（即所謂的「終止形」或「原形」）之後。但，這點不同能清楚表現出來的，只有在「な形容詞」及「名詞＋だ」這兩種情況而已。對於「動詞・い形容詞」，因為連體形與敘述形，形狀完全一樣，所以接續法的不同根本無法顯現出來。

①この部屋は静かなので、ゆっくり休めます。	②この部屋は静かだから、ゆっくり休めます。
③子供なので、半額です。	④学生だから、半額です。

①②⇨因為這房間很安靜，所以能好好地休息。
③　⇨因為是小孩，所以半價。④　⇨因為是學生，所以半價。

關於接續方面，許多學日語的學生，經常會造出下列這種錯誤的句子，如：「＊広いなので、＊広いだから」。正確的答案應該是「広いので、広いから」。這就是因為把「い形容詞」與「な形容詞」混淆了的緣故。

（4）「ので」句子的句尾限制

某種表現是表示理由卻不能使用「ので」，相反地，使用「ので」的話，無法作某種表現。是因為句末所接的形式被限制的關係。所以說「ので」的句子有句尾限制。大致如以下所示。

	買うことにします。	（決定買）	【決心】
	買いたい。	（想買）	【希望】
	買おう。	（我要買）	【意志】
お金があるので〔因為有錢〕	？買いますか。	（你要買嗎？）	【質問】
	？買うだろう。	（大概會買吧）	【推量】
	？買いましょう。	（買吧！）	【勧誘】

> ？買ってください。　　　　（請買）【請求】
> ＊買いなさい。　　　　　　（快買！）【命令】
> ＊買ってはいけません。　（不許買）【禁止】
> ＊買ったほうがいい。　　（最好買）【忠告】

　　有關自己動作的主觀判斷（決心、希望、意志）等情況，能夠使用「ので」。

　　有關對方動作的（命令、禁止、忠告）等情況，則不能使用。

　　至於中間的情況（質問、推量、勸誘、依賴），就不一定了。如果是使用「から」的句子，就沒有這些句尾的限制了。

【問題】請將上面的句子，用「から」重新説一遍。

（5）論証的根據

> いつ ほっかいどう い
> 何時北海道へ行きましたか。
> （你是什麼時候去過北海道的？）
>
> こうこうせい とき じゅうねんまえ
> ───それは高校生の時ですから、十年前です。
> （因為是念高中的時候，所以是十年前的事了）

　　這裡的「から」對初學者而言，很難理解。因為這個「から」和我們剛才所提到説明理由用的「から」並不相同。

　　雖然在文法上，我們稱這種「から」為表示「立論的根據」的「から」。但其實我們也可以由表示理由的「から」，依下列的邏輯推導過程，逐步地形成。

> じゅうねんまえ い こうこうせい とき おぼ
> ①「十年前」と言えるのは、「高校生の時だった」と覚えて
> いるからです。
> （之所以能夠説「十年前」，是因為記得「是高中生的時候」）
>
> こうこうせい とき おぼ じゅうねんまえ い
> ②高校生の時だったと覚えているから、十年前と言えます。
> （因為記得是高中生的時候，所以可以説是十年前）

③それは高校生の時ですから、十年前です。
（因為那是高中生的時候，所以是十年前的事了）

　①是「～のは……からだ」的句型，②是表示理由的「から」的句型，③就是目前在這裡正在討論的句型。由②進展到③，是將「と覚えている，と言える」這些字去除。也就是説，將表示説話者的感覺、判斷的用詞去掉之後，只留下「事實内容」提出來，因此給人一種這是一句有根據的言論的感覺。

【問題】（在門口看見客人的鞋子）於是説：「靴があるから、来ているのでしょう。（因為有鞋子在，所以應該來了吧！）」，這個句子，是依據什麼樣的事實推理引導出來的呢？請模仿上面的句子，自己練習一次。

【答案】

①「（客が）来ている」と判断できるのは、靴があるのを見たからです。　　我之所以能夠判斷「（客人）來了」，是因為看到有鞋子的緣故。

②靴があるのを見たから、（客が）来ていると判断できます。　　因為看到有鞋子，所以判斷「（客人）來了」。

③靴があるから、来ているのでしょう。　　因為有鞋子，所以大概已經來了吧。

５４　條件的表現　⑴問題點

（1）條件的説法

　要表示在某一定條件下，某一件事情會成立，日語裏面，有以下的各種説法。

> この<ruby>道<rt>みち</rt></ruby>をまっすぐ<u><ruby>行<rt>い</rt></ruby>くと</u>、<ruby>駅<rt>えき</rt></ruby>の<ruby>前<rt>まえ</rt></ruby>に<ruby>出<rt>で</rt></ruby>ます。
> （沿着這條路一直走，便可走到車站前面）
>
> お<ruby>金<rt>かね</rt></ruby>が<u>あれば</u>、もっといいパソコンを<ruby>買<rt>か</rt></ruby>いたいのだが。
> （如果有錢的話，眞想買一台更好的個人電腦啊！）
>
> この<ruby>仕事<rt>しごと</rt></ruby>が<u><ruby>終<rt>お</rt></ruby>わったら</u>、すぐ<ruby>行<rt>い</rt></ruby>きます。
> （這件工作一結束，我馬上就去）
>
> あなたが<ruby>鰻<rt>うなぎ</rt></ruby>を<u><ruby>注文<rt>ちゅうもん</rt></ruby>するなら</u>、<ruby>私<rt>わたし</rt></ruby>もそうします。
> （假如你要點鰻魚的話，我也要點）

　如上所述，日語中表示條件有四種説法，我們針對它們所使用的接續助詞，簡稱為條件句的「と・ば・たら・なら」四劍客。關於這些用法，我們最關心的，有下面三個問題。

① 四種説法彼此之間有何不同？
② 四種説法之中哪一種最合適？
③ 「單純假設」和「與事實相反的假設」要如何來區分？

（2）四種説法之間的差異何在？

　下面四個例子，念起來似乎每一句的意思都差不多。

雨が降ると	出かけません。	（一下雨，就不出門）
雨が降れば	出かけません。	（通常如果下雨，就不出門）
雨が降ったら	出かけません。	（一旦下了雨，就不出門）
雨が降るなら	出かけません。	（要是會下雨的話，就不出門）

　但若仔細體會，其實其間還是有非常微妙的語感差異存在（否則我譯成中文時，豈不是只能有唯一的一種譯法了嗎？），這種差異到底在那裏？而這些差異又到底是從何產生的呢？

（3）四種説法之中，哪一個最適合？

　如果有人告訴你「這四種説法純粹只是語感上的差異，但是不論使用哪一句，似乎意思都差不多」。事實上，那是因為他自己也不懂的應付之辭，才沒有那麼簡單呢！我們可以舉另一組句子來証明。要用日語表達「要是正在下雨的話，不許出門」，

①	雨が降っていたら、	出かけてはいけません。
②＊	雨が降っていると、	出かけてはいけません。
③？	雨が降っていれば、	出かけてはいけません。
④？	雨が降っているなら、	出かけてはいけません。

　在上面4個例子中，①「～たら」説得通，改成「～と」就錯了。而改成③的「～ば」和④的「～なら」，給日本人聽起來，他心裏也總覺得你的日語有點奇怪。這種現象的產生，照道理一定存在着有某種原則在規範才對！一般來説，對於要表達某種條件的説法，要如何在「と・ば・たら・なら」之中，選擇一個最佳的表現方式，實在是一個非常高難度的大問題。

（4）「單純假設」和「與事實相反的假設」，有何分別呢？

　一般在歐洲的語言中，「單純假設」和「與事實相反的假設」

可以從外表的形式上，看出明顯的區別。

在英語中有所謂的「假設法過去」，為了表示「與事實相反的假設」而使用過去式來表現。這種明明並没有「過去」的意思，却故意用過去式的作法，在我們每一位學過英語文法的人，腦海中想必印象一定非常深刻吧！

在義大利語中，條件方面是使用接續法（Congiuntivo），結論方面是使用條件法（Condizionale）。或許似乎用語的使用習慣不同，使人誤以為和英語有所差異，其實不然。不管是英語或義大利語，都存在有「單純假設」和「與事實相反的假設」的區別，都是歐洲的語言中很重要的一個文法項目。

日語中是否也有類似上述的這種區別嗎？如果你想，既然表示條件有四種説法，所以就自然地認為這四種説法一定也和上述的「單純假設」和「與事實相反的假設」的區別有關。但事實上，並不是這樣。

---

①お金があれば、自動車を買います。
Se ho denaro, compro un automobile.
（假如有錢的話，我會買汽車）

---

②お金が十分あれば、自動車を買うのだが。
Se avessi abbastanza denaro, comprerei un automobile.
　　接續法過去　　　　　　　　　條件法
（要是我能有足夠的錢買汽車，就太美好了啊！可惜啊！）

③お金が十分あったら、その自動車を買ったのに。
Se avessi avuto abbastanza denaro,
　　接續法大過去　　　avrei comprato quell automobile.
　　　　　　　　　　　　條件法過去

Se avevo abbastanza denaro, compravo quell'automobile
　　半過去　　　　　　　　　　半過去
（要是我那時錢夠的話，我就已經買下那部汽車了）

　①是單純假設，在義大利語中，是使用直接法現在式。在日語中説成「あったら」，意思也相同。

　在義大利語中②和③都是與事實相反的假設。在②中使用接續法過去式和條件法。而③更因為是與過去的事實相反的假設，所以使用接續法大過去式和條件法過去式。另外，用直接法半過去式也可以來説同一件事情。

　在日語中「〜ば」和「〜たら」並不是在這方面在做區別。其實從句尾的「〜のだが（要是〜的話，不知有多好啊！）」或「〜のに（要是〜的話，我早就已經〜了呀！）」，就可以很明白地顯示出上述義大利語相同功能的區別作用了。即使沒有「のに」，意思多少會變得比較難以瞭解一些，但本身的意思並沒有變。

５５ 條件的表現 ⑵各種形式的作法

（１）各種形式的作法

①ば形　與動詞的種類無關，把最後的「う段」音⇨「え段」音，再加上「ば」即可。
　　　　形容詞去掉「い」⇨「ければ」
②たら形　過去式「〜た」後面加上「ら」。
③と形　　敍述形（普通形・終止形）加上「と」。
④なら形　敍述形（普通形・終止形）加上「なら」。

	ば形	たら形	と形	なら形
行く 行かない	行けば 行かなければ	行ったら 行かなかったら	行くと 行かないと	行くなら 行かないなら
見る 来る する	見れば 来れば すれば	見たら 来たら したら	見ると 来ると すると	見るなら 来るなら するなら
赤い 赤くない 静かだ 学生だ	赤ければ 赤くなければ —— ——	赤かったら 赤くなかったら 静かだったら 学生だったら	赤いと 赤くないと 静かだと 学生だと	赤いなら 赤くないなら 静かなら 学生なら

　な形容詞、名詞中　過去有「静かならば」和「学生ならば」的説法，現代日語已經取消「ば」，也就等於由「なら」代替。
　過去式加「なら」變成「行ったなら」的形式，雖然不是没有，但幾乎已極少被使用了。「〜たなら」和「〜たら」的意思並不一樣。

56　條件的表現 ⑶教學的順序

（1）條件法的教學的順序

　　正如前面所述，有關「條件的表現法」，問題又大又複雜，所以必須依照一定的教學順序，分階段來考慮。

　　在第一階段中，提出「と・ば・たら・なら」各個不同形式的典型例句。第二階段，再仔細比較對照各例句，設法逐步地找出它們各別的特徵。

（2）典型的用法

　　典型的用法，如以下所示。

---

① 「と」 的例子

2に2を足すと、4になる。　　　　　　　2加2，等於4。

春になると、花が咲く。　　　　　　　一到春天，花就開

あの角を右に曲がると、駅の前に出る。　　那個轉角一右轉，
　　　　　　　　　　　　　　　　　　　就會通往車站前面

② 「ば」 的例子

この薬を飲めば、直ります。　　　　　　吃這藥的話，就會好

飲まなければ、なおりません。　　　　　不吃的話，就不會好

雨が降れば、行きません。　　　　　　若下雨的話就不去。

話せばわかる。　　　　　　　　　　　只要講，就會了解。

③「たら」的例子

目的地（もくてきち）に着（つ）いたら、すぐ連絡（れんらく）します。　　一到達目的地時，我就馬上連絡。

読（よ）んだら、私（わたし）に貸（か）してください。　　讀完之後，請借我。

④「なら」的例子

「パソコンを買（か）いたいのですが。」　　我想買個人電腦，不知道‥‥。

「パソコンを買（か）うなら、いい店（みせ）を教（おし）えてあげますよ。」　　如果要買個人電腦的話，我介紹一家好的店給你。

①「と」是表示永久的原理或道理、或問路說明的時候使用。
②「ば」是最具有條件特質的條件助詞，表示具備某種條件，就必然產生某種結果。
③「たら」是針對已經快要被達成的事情，以其達成的結果作為條件（稱為既定條件）。
④「なら」是把對方所說的事情，當作是一種條件。

　當然並不是說，這四種的各別用法只有這些。
　因此一開始，我們第一步就先提出這些較具代表性的例子，將來就會漸漸了解其間的不同。之所以會混亂，一般都是因為隨便任意舉例所造成的結果。但是，不管怎麼樣，當學到了一定的程度之後，最後該面臨的問題還是逃不掉的，也就是必須再回到最先一開始所最怕的「區別用法」問題，何時能用？何時不能用？因此還是乖乖地，把所有條件形的用法做個總整理吧！

57 條件的表現 (4)句尾的限制

（1）從句尾的限制來看「と・ば・たら」

下面就從所謂句尾限制的角度來看「と・ば・たら」吧！

と	句尾受限制。
ば	ば形的述語（前句）**屬動作性**時，句尾會受限制。
	ば形的述語（前句）**屬狀態性**時，句尾沒有限制。
たら	沒有句尾限制。

（2）「と」－有句尾限制

所謂受限制的句尾形式，其實指的就是「意志、命令、請求、禁止、忠告、勸誘、希望」的表現。當在做這些表現的時候，不可以使用條件的「と」。但若是改用「たら」的話，則又說得通了。

	＊散歩<ruby>しよう<rt>さんぽ</rt></ruby>	（要散步！）	【意志】
<ruby>午後<rt>ごご</rt></ruby>になると （一到下午）	＊散歩しなさい	（快去散步）	【命令】
<ruby>晴<rt>は</rt></ruby>れだと （一放晴）	＊散歩してください	（請散步）	【請求】
	＊散歩してはいけません	（不准散步）	【禁止】
	＊散歩したほうがいい	（最好去散步）	【忠告】
	＊散歩しましょう。	（去散步吧！）	【勸誘】
	＊散歩したい。	（想散步）	【希望】

「午後になる（到下午）」是作用（動作）、「晴れだ（放晴）」是狀態的表現。不論何者，只要使用「と」，在句尾都不能

出現有表示「意志・命令・請求・禁止・忠告・勧誘・希望」的
表現。

（3）動作性述語的「ば」 ── 有句尾的限制

	＊見<ruby>見<rt>み</rt></ruby>よう	（要看）	【意志】
テレビが<ruby>始<rt>はじ</rt></ruby>まれば （電視開始的話）	＊見なさい	（快看）	【命令】
	＊見てください	（請看）	【請求】
あさって 　　ここへ<ruby>来<rt>く</rt></ruby>れば （後天如果 　　來這裏的話）	＊見てはいけません	（不行看）	【禁止】
	＊見たほうがいい	（看比較好）	【忠告】
	＊見ましょう	（看吧）	【勧誘】
	＊見たい。	（想看）	【希望】

　　「テレビが始まる（電視開始）」和「ここへ来る（來這裡）」
兩者都是屬於「作用、動作」。一旦使用「ば」，就會面臨句句尾
限制的問題，因此上面這説法全部是錯的。

（4）状態性述語的「ば」－没有句尾限制

	<ruby>買<rt>か</rt></ruby>おう	（要買）	【意志】
<ruby>安<rt>やす</rt></ruby>ければ （便宜的話）	買いなさい	（快買）	【命令】
	買ってください	（請買）	【請求】
お<ruby>金<rt>かね</rt></ruby>があれば （有錢的話）	買ってはいけません	（不行買）	【禁止】
	買ったほうがいい。	（最好買）	【忠告】
	買いましょう	（買吧）	【勧誘】
	買いたい	（想買）	【希望】

「安い（便宜）」「お金がある（有錢）」都是状態的表現。這時候即使是使用「ば」，也沒有句尾限制問題。全部的句子都説得通（正確無誤）

【問題】如果使用「たら」的話，全部的句子都能説得通了，請自己試驗一下。

５８　條件的表現 (5)時間的前後關係

（1）「ば」－位於「たら」與「なら」之間

あなたが薬（くすり）を飲（の）んだら、 私（わたし）も薬（くすり）を飲（の）みます。 ⇩ 你如果把藥吃下去，我也吃。	あなたが薬（くすり）を飲（の）むなら、 私（わたし）も薬（くすり）を飲（の）みます。 ⇩ 你要吃藥的話，我也要吃。

　　將上面左右兩句來做比較，看看到底有什麼不同？「飲んだら（如果吃了）」意思比較接近「飲んでから（吃了之後）」。

☆あなたが飲（の）んでから、私（わたし）が飲（の）む。　　你喝了之後，我再喝。

☆あなたが飲（の）んで安全（あんぜん）なのを見計（みはか）ら　　你喝完，看到你安全無
って から、私（わたし）が飲（の）む。　　事之後，我再喝。

　　由此可見，這句話一定要使用「飲んだら」之後再「飲む」，才能保証 "安全"。

　　如果只有講「飲むなら」的話，並沒有明確地把「喝的順序」具體表示出來。因為也有可能是「我」這邊先喝，因此沒有使用「飲んだら」那一句那麼 "安全"。

　　現在我們再把「ば」也加進來，做個比較看看。

あなたが薬（くすり）を飲（の）めば、私（わたし）も薬（くすり）を飲（の）みます。 （如果你吃藥的話，我也要吃藥）

　　「飲めば」既可以想成是「飲んだら」的意思，也可以想成是「飲むなら」的意思。因此就時間的順序而言，似乎正好介於兩

者之間。再列舉一些類似的例子吧！

> あなたが行けば、私も行きます（如果你要去的話，我也要去）
>
> あなたが歌えば、私も歌います（如果你唱的話，我也唱）
>
> あなたが泳げば、私も泳ぎます（如果你游泳的話，我也要游）

（2）「たら」與「なら」

> ①イタリアへ行ったら、カメオを買って来てちょうだい。
> （如果你去義大利的話，請幫我買浮雕珠寶回來）
>
> ②イタリアへ行くなら、アリタリアが便利です。
> （如果要去義大利的話，義大利航空很方便）

　　將這兩句話的意思，做個對比的話，時間的前後關係就會很明顯地浮現出來了。也就是說，後半部句子的意思，用「たら」的話是指去到義大利之後所說的話，用「なら」則是指去義大利之前所說的話。利用這種對比，「たら」與「なら」的差異，便可清楚地突顯出來了。

　　再舉類似的例子看看！

> ①カメラを買ったら、写してあげます。
> （買了照相機的話，就幫你照相）
>
> ②カメラを買うなら、駅の側の店が安いですよ。
> （如果要買照相機的話，車站旁邊的商店很便宜喔！）

> ①うなぎを食べたら、元気が出ますよ。
> （吃了鰻魚的話，會精神百倍喔！）
>
> ②うなぎを食べるなら、家で作ってあげます。
> （要吃鰻魚飯的話，回家作給你吃）

然而、實際上其次的例子又更複雑了。

---

③イタリアへ行くなら、カメオを買って来てちょうだい。
　（既然你要去義大利，請幫我買浮雕珠寶回來）

在這個例子中，雖然是使用「なら」，卻是指人已經在義大利才
能説的話，由這點看來，①與③中的「なら」和「たら」却又似
乎没有什麼差別了。再擧一個例子來看吧！

---

③カメラを買うなら、私を写してちょうだい。
　（你説要買照相機，以後請幫我照相）

歸納以上幾點，得到以下結論。

後半部比前半部後發生的事情	たら ①	③
後半部比前半部先發生的事情	なら ②	

①「たら」和③「なら」的差異，還必須再更深入研究。
　「なら」的特徵，就如在前面「代表性的用法」中所提到的，
是指聽到對方説了一句話，然後就把對方所説的話，當作先決條
件，表達進一步的意思。

59 條件的表現 (6)總整理

（1）句尾是過去式的句子

到目前為止，我們還未處理句尾是過去式的句子。之所以如此，是為了怕太早討論這個文法，把大家搞得迷迷糊糊，事情就會很難收拾了。事實上，在日本語教學的初級階段中也不會出現這種形式的高難度文法。下面我們就敍述最基本的四種用法，然後再視情況的需要，舉出其他比較特殊的用法。

　　　a 既定條件　b 發現　c 過去的習慣　d 與事實相反的假設

（2）「と・ば・たら」的對照

と

a	コインを入れると、切符が出てきた。 （一放進硬幣，票就出來了）
b	家に帰ると、手紙が来ていた。 （一回到家，就看到信來了）
c	子供の頃日曜の朝が来ると、ラジオ体操をした。 （小時候一到禮拜天的早上，就跟着收音機作體操）
d	*昔の人がコンピュータを見ると、びっくりしただろう。 （古時候的人一看到電腦，我想一定會嚇一跳吧）
e	［順序動作］私は家に帰ると、すぐ新聞を読んだ。 （我一回到家，就馬上看報紙）

274

ば

a ＊コインを入れれば、切符が出てきた。
（如果放入硬幣的話，票就會出來了）

b ＊家に帰れば、手紙が来ていた。
（如果回到家的話，就看到信來了）

c 子供の頃日曜の朝が来ればラジオ体操をした（ものだ）
（小時候禮拜天早上一到來，就跟着收音機作體操）

d 昔の人がコンピュータを見れば、びっくりしただろう。
（古時候的人如果看到電腦的話，大概會嚇一跳吧）

e ［列舉］そこには若い人もいれば、お年寄りもいた。
（那邊既有年輕人，也有老年人）

たら

a コインを入れたら、切符が出てきた。
（如果放了硬幣的話，票就會出來了）

b 家に帰ったら、手紙が来ていた。
（回到家的時候，發現信來了）

c 子供の頃日曜の朝が来たらラジオ体操をした（ものだ）
（小時候禮拜天早上一到，就跟着收音機作體操）

d 昔の人がコンピュータを見たら、びっくりしただろう。
（古時候的人一看到電腦的時候，大概嚇一跳吧）

e ［提案・勸告］早く寝たら（どうですか）。
（早點睡，怎麼樣）？

a 所謂既定條件，就是指「將已經實現的事情作為條件，來提出敍述」的説法。可以用「と」和「たら」，不能用「ば」。

b 所謂發現，就是指「因為前面的動作，才發現了後面状態

」的意思。要產生這種意思，必須後面是屬於「状態表現
」的情況才可以。

　　　　如：手紙が来ていた。（收到信了）

　中的「いた⇦いる」就是状態動詞。所謂「状態表現」就是指
述語是状態動詞、形容詞、名詞＋「だ」的情況。可使用「と」
和「たら」，不能用「ば」。
c　　所謂過去的習慣，是指「條件與結果的關係在過去就已經發
生了」意思。例如：

　　　日曜の朝が来るとラジオ体操をする。
　　　（一到禮拜天的早上就跟着收音機作體操。）

　　上面這一句話所提到的事情，不是在説現在（回到過去，説上
面那句話的當時來説當然是現在），而是在説過去的某一段時間
所發生的事情。句中出現了「子供の頃（小時候）」更支持這個
説法，而動詞的過去式後面接「ものだ」這個助述慣用句型，是
証明它表示「回憶」的心情。「と・ば・たら」三者都可以用來
表現「過去習慣」，但對「ば・たら」而言，若缺少了「もの
だ」輔助的話，要讓聽話者自己往「過去習慣」這個意思的方向
來想，恐怕相當困難。
d　　與事實相反的假設。在歐洲的語言中是使用「接續法」。日
語的話則可以使用「ば・たら」表現。

　　至於使用了「と」就錯了嗎？也並非全然如此。只能説似乎有
比較喜歡使用「ば」的傾向。

ビデオがあるといいのに。	（要是有録影機就好了）
ビデオがあるとよかったのに。	（要是當時有録影機就好了）
あなたも行くといいのに。	（要是你也要去就好了）
あなたも行くとよかったのに。	（要是你當時也去就好了）

e　凡是 e 處所舉的例句，都是屬於其他形式所無法表達的專門
　　用法。例如：

●と〔順序動作〕

與利用「て形」來表示順序動作的用法相似。這時候，句子的前
半句和後半句的主詞是同一個人，這一點，與其他「と」的用法
不同。

私は朝起きると、窓を開けた。	（我早上一起床就打開窗戶）
私は朝起きて、窓を開けた。	（我早上起床，開窗戶）
部屋に入ると、明かりをつけた。	（一進房間就開燈）
部屋に入って、明かりをつけた。	（進房間，然後開燈）

●ば〔列舉〕

與用「し」來表示列舉的用法相似。

りんごもあれば、バナナもある。	（既有蘋果，又有香蕉）
りんごもあるし、バナナもある。	（蘋果也有，香蕉也有）
鰻も食べれば、ニンジンも食べる。	（既吃鰻魚又吃人參）
鰻も食べるし、ニンジンも食べる。	（也吃鰻魚也吃人參）

　　這個句型的關鍵在於「も」。只要有「も」，列舉的意思就可以
很清楚地看出來了。

●たら〔提議・勸告〕

「〜たらどうですか」的形式有表示「提議或是勸告」的意思。
但是這種用法不能說「ば」就沒有。
　　有時候，以一種焦急或埋怨的口氣，催促對方為什麼不趕快照
自己的話去行事。

嫌だったら。止めてよ。（我不是跟你說討厭了嗎！快住手）

６０逆接 (1)「のに」作句子的接續

（1）逆接－「のに」與「ても」

表示逆接的接續助詞有「のに」與「ても」二種。

> お金が<u>ない</u><u>のに</u>、高いパソコンを買ってしまった。
> （明明沒有錢，卻買了很貴的個人電腦）
>
> <u>読んで</u><u>も</u>、わからない。
> （即使讀了也不懂）

　　如以上的例句得知，用「のに」結合前後矛盾的事情，或用「ても」來連結和某個條件之間彼此沒有正常的邏輯關係的結論，的表現稱為「逆接」。借用英語文法的用語來説，叫做「讓步」(Concession)。

（2）「のに」的接續

　　「のに」是接在連體形之後。

読むのに	読んだのに	読まないのに	読まなかったのに
大きいのに	大きかったのに	大きくないのに	大きくなかったのに

　　「な形容詞・名詞」的情形時，會出現「な」要注意。

元気なのに	元気だったのに	元気ではないのに
子供なのに	子供だったのに	子供ではないのに

（３）逆接的「のに」

逆接的「のに」，其意思我們可以依照下面的程序來推導。

①一開始先存在某個事實。 　　　　　【例】お金_{かね}がない。
　　　　　　　　　　　　　　　　　　　　（沒有錢）
　　　　　　　　　　　　　　　　　　　　　⇩

②然後由此來推導一 　　【例】高_{たか}いパソコンが買_かえない。
　件合乎情理的事實 　　　　（買不起昂貴的個人電腦）
　。　　　　　　　　　　　　　　　　⇩

③因為某種理由，卻 　　【例】高_{たか}いパソコンを買_かってしまった。
　出現和原先②所想 　　　　（買下了很貴的個人電腦）
　像相反的結局。

接著在這三句話之中，用「のに」把矛盾的二件事情（①和③）結合起來，就可得到下面的句子。

> お金_{かね}がないのに、高_{たか}いパソコンを買_かってしまった。
> （明明沒有錢，卻買了一台很貴的個人電腦）

這就是「逆接」名稱的由來。使用「のに」的句子，通常都帶有一種對結果「不服・意外」的心情。

【問題】學上面①～③的步驟，依樣畫葫蘆分析下面的句子

（１）８月_{はちがつ}なのに寒_{さむ}い。 　　　　　　　　　８月了卻這麼冷。

（２）子供_{こども}なのによく知_しっている。 　　　明明是個小孩卻知
　　　　　　　　　　　　　　　　　　　　　　道得那麼清楚。

（３）手伝_{てつだ}ってあげたのに、文句_{もんく}を言_い　人家幫你忙，卻還
　　われた。 　　　　　　　　　　　　　　　　被你挑東嫌西的。

（4）「のに」的句型

「のに」也有被放在句子的最後，作「終助詞」的用法。

よせばいい<u>のに</u>。	我不是告訴過你不要了嗎？
言えばよかった<u>のに</u>。	早説不就没事了嗎？
そのとき買ってしまえば、 よかった<u>のに</u>。	早知道那時候把它買下來就好了。活該誰叫你不聽。

（5）要特別注意的「のに」

　　並不是所有的「のに」就一定表示「逆接」的意思。有時候句子中的「のに」，其實應該把它拆開成「の＋に」，往往誤以為是「逆接」而搞半天搞不懂的句子，一下子就迎刃而解了。

　　這時候的「の」，有將它前面的整個句子，總括成一個「名詞子句」（也就是所謂的「**名詞化**」）的作用。這個「の」稱為準體助詞的「の」，這時候如果母句（主要子句）的述語需要一個「補語＋に」的話，被名詞化的子句充當補語，於是從外表上看起來就和「のに」没什麼兩樣了，但意思却是截然不同的。

> 向こうから人が来るの　に　気が付いた。
> （注意到從那邊有人走過來）

　　把「向こうから人が来る（從那邊有人走過來）」名詞化後，變成「向こうから人が来るの（從那邊有人走過來這件事）」。「気が付く」必須使用「[名詞] に気が付く」的句型，所以才會構成上面的句子。這裡的「のに」毫無「逆接」的意思。

　　除此之外，還有以下的例子。

> 買い物に行くの　に　オートバイを使う。
> （騎摩托車去買東西）
> この本を読み終えるの　に　一週間かかった。
> （需要花一個禮拜的時間念完這本書）

280

【答案】

（1）①８月だ。　　　　　　　　（是８月）

　　②暑いはずた。　　　　　　（應該很熱才對）

　　③寒い。　　　　　　　　　（却很冷）

（2）①子供だ。　　　　　　　　（是小孩子）

　　②知らないはずだ。　　　　（應該不知道才對）

　　③よく知っている。　　　　（却知道得一清二楚）

（3）①手伝ってあげた。　　　　（幫你的忙）

　　②感謝されるはずた。　　　（應該被感謝才對）

　　③文句を言われた。　　　　（却被抱怨）

６１逆接 (2)「ても」作句子的接續

（1）「ても」－逆接條件

相對於「在某種條件下得到理所當然的結果」，稱為「順接條件」的話，那麼「未得到應有的結果」就稱為「逆接條件」。「ても」就是表示逆接條件所用的一個「接續助詞」。

読めば、分かる。	（讀的話，就會懂）	**順接條件**
読んでも、分からない。	（即使讀，也不懂）	**逆接條件**

（2）「ても」的形式

「て形」加「も」就是「ても」的形式。不管是動詞・形容詞・名詞＋「だ」，三者的情況都是一樣。

読んでも	読まなくても
大きくても	大きくなくても
子供でも	子供でなくても

上表中，其實「子供でも」的「でも」，應該是「だ」的連用形「で」＋「も」，因此文法把「でも」納入「副助詞」。不過雖然「ても」和「でも」，前者屬「接續助詞」，後者屬「副助詞」，但意思却一樣，可見它們有共同的根源。

至於「読んでも」則是因「撥音便」才使得「ても⇨でも」的，不可視為一談。

（３）既定條件與假定條件

然而，説「読んでも、わかりません（即是讀了也不懂）」這句話時，實際上到底是「念了」還是「没有念」？光靠這個句子無法知道。

読めば、分かりますか。（讀的話，就會懂嗎？）
—— いいえ、<u>読んでも</u>、わかりません。
（不，即使讀了，也不會懂）

読みましたが、分かりませんでした。
〔雖然讀過了，但是還是不懂〕

まだ読んでいませんが、仮に読んでも、分からないでしょう
（雖然還没有讀，但我想即使讀的話，也看不懂吧）

像上述這些「〜ても」的句子中，有些是敍述實際上已發生過的事情，也有些是敍述實際上還没發生的事情。如果句子裏面出現有所謂的「仮に（假如〜）」的用詞的話，就可以判斷是屬於後者的情況。因此我們稱前者這種「已發生」的為「**既定條件**」，後者「尚未發生」的則稱為「**假定條件**」。

由此可知「**ても**」既可表示「**既定條件**」，又可表示「**假定條件**」。

（４）逆接的既定條件

這是一種用「〜ても」的形式來敍述現實中發生過的事情，然後接着再敍述在該條件下的反常理的實際動作或狀態的句子。

◎交通機関が発達していても、それぞれを結ぶつなぎ目の部分が悪く、不便なのだ。

不管交通工具再怎麼發達，如果連接它們之間的環節的部分太差，還是非常不方便的。

◎法隆寺のヒノキ材は1300年を
生きてもびくともしない。

法隆寺的檜木材儘管
已經保存了1300年，
仍舊安然如故。

◎パソコンのスイッチを入れ
ても、起動しない。

即使我已經打開個人
電腦的電源開關，還
是無法起動。

◎物価が上がっても、給料は上
がらない。

儘管物價上漲了，可
是薪水也沒有提高。

（5）逆接的假定條件

這是一種『把明明現實中並不存在（或發生）的事情，假設它
已經發生了，然後在該情況下，用「～ても」來敍述在這種假設
的情況下會跟着發生的反常理的動作或狀態』的句子。常加上
「たとえ／仮に（例如／如果）」等等的用詞來搭配。

◎この建物は台風が来ても、
大丈夫だ。

這棟建築即使颱風來
也不用担心。

◎たとえ、言葉が通じなく
ても、心は通う。

縱使語言不通，心靈
也會相通。

◎話す時に、多少間違いがあ
っても、構わない。

説話的時候即使多少
會説錯，也不要緊。

（6）「ても」的句型

下面我們舉幾個有關使用到「ても」的慣用句型來看看！

①許可、不必要

「～てもいい」　⇨許可　（可以～）
「～なくてもいい」⇨不必要（不用～・可以不必～）

②疑問詞＋「～ても」

疑問詞與「～ても」在一起的用法，其意思分析如下：

Ａさんが来<ruby>来<rt>き</rt></ruby>ても会<ruby>会<rt>あ</rt></ruby>わない。（即使Ａ先生來我也不見）

Ｂさんが来<ruby>来<rt>き</rt></ruby>ても会<ruby>会<rt>あ</rt></ruby>わない。（即使Ｂ先生來我也不見）

Ｃさんが来<ruby>来<rt>き</rt></ruby>ても会<ruby>会<rt>あ</rt></ruby>わない。（即使Ｂ先生來我也不見）
‧‧‧‧‧‧

誰<ruby>誰<rt>だれ</rt></ruby>が来<ruby>来<rt>き</rt></ruby>ても会<ruby>会<rt>あ</rt></ruby>わない。（不論誰來我都不見）

如此一直延伸下來，表示一種非常極端的情況，形成具有特別強調意味的表現。

誰	誰が来ても会わない。	（不論誰來我都不見）
	誰と行っても面白くない。	（和任何人去都不好玩）
何	何を見てもびっくりしない。	（看什麼都不會吃驚）
	何でもいいの。	（什麼都可以）
どこ	どこへ行っても珍しいものばかりだ。	
		（到處都覺得新奇）

いつ	いつ来ても忙しそうだ。（任何時候來似乎都很忙）
何度	何度やっても計算が合わない。（不管怎麼算都不對）
いくら	いくら考えてもわからない。（不管怎麼想都不懂）
どう	どうしてもだめなの。　　　　（怎麼做都不行）

③「～ても～ても」

　「ても」重覆二次的説法，可以分成「使用同一個動詞」和
「使用相反方向的動作動詞」的兩種情況。這兩種說法都比只用
一個「ても」的強調口氣更強烈。

　　相同的動作　　拾っても拾ってもゴミが捨てられる。
　　　　　　　　（不管怎麼揀，大家還是丟垃圾）
　　相反方向的動作　押しても引いても動かない。
　　　　　　　　（不管怎麼推怎麼拉，動就是不動）

④「～ても～なくても」

　藉着將肯定與否定的「ても」連接起來，産生一種和③同樣強
調的表現。

　　肯定＋否定　　使っても使わなくても料金は同じだ。
　　　　　　　　（不管你使不使用，費用都是一樣的）

索　　引

英 文 索 引

國家圖書館出版品預行編目資料

日本語文法入門 / 吉川武時著；楊德輝譯 --
初版. -- 臺北市 ： 鴻儒堂，民84
  面； 公分.
含索引
ISBN 957－8986－51－3（平裝）

1. 日本語言－文法

803.16   87007367

定價：250元

原　　　著：吉川武時
譯　　　者：楊德輝
發　行　所：鴻儒堂出版社
發　行　人：黃　成　業
地　　　址：台北市中正區100開封街一段19號二樓
電　　　話：二三一一三八一〇・二三一一三八二三
郵 政 劃 撥：〇一五五三〇〇～一號
電 話 傳 眞 機：〇二～二三六一二三三四
法 律 顧 問：蕭　雄　淋　律　師
行政院新聞局登記證局版台業字第壹貳玖貳號
中 華 民 國 八 十 四 年 十 月 初 版 一 刷
中 華 民 國 八 十 七 年 六 月 初 版 二 刷

本書經日本アルク授權發行
本書凡有缺頁、倒裝者，請逕向本社調換